L'ODYSSÉE

Les Aventures extraordinaires d'Ulysse
Chants VIII à XII

Traduction de Médéric Dufour
revue et adaptée

Édition de Françoise Colmez

Étonnants Classiques
GF Flammarion

L'Antiquité
dans la même collection

APULÉE, *Amour et Psyché*

Histoire de Moïse, Extraits de la Bible.

HOMÈRE, *L'Odyssée* :

Ulysse reviendra-t-il à Ithaque ? (chants I à VII)

Les Aventures extraordinaires d'Ulysse (chants VIII à XII)

La Vengeance d'Ulysse (chants XIII à XXIV)

ISBN : 2-08-072015-5
Printed in France

PRÉSENTATION

La légende d'Homère
La naissance de *l'Iliade* et de *l'Odyssée*
La poésie d'Homère
L'influence de *l'Iliade* et de *l'Odyssée*
L'Odyssée : fiction ou réalité ?
Les trois récits de *l'Odyssée*

La légende d'Homère

Il était une fois un vieil homme, aveugle, originaire de Smyrne en Asie Mineure. Il avait longtemps vécu sur l'île de Chios où, pour ses talents de conteur, on l'honorait comme un dieu. Au cours de ses nombreux déplacements, il allait de cité en cité raconter, en improvisant et en s'accompagnant de la cithare, les exploits des héros de la guerre de Troie et les épreuves qu'ils avaient rencontrées pendant leur voyage de retour.

C'est ainsi, selon la légende, qu'un aède, du nom d'Homère, au talent exceptionnel, aurait composé deux œuvres, *L'Iliade* et *L'Odyssée* : dans *L'Iliade* (de Ilion, autre nom de Troie), il raconte le siège de Troie et la prise de la ville ; dans *L'Odyssée* (de Odysseus, nom grec d'Ulysse), il raconte les épreuves subies par Ulysse pendant les dix années qui séparent la fin de la guerre de Troie et son retour dans son île natale d'Ithaque.

Peut-être même se met-il en scène dans *L'Odyssée* sous les noms de Phémios ou Démodocos. Ainsi à Ithaque, dans le manoir d'Ulysse, il nous fait rencontrer Phémios ; celui-ci distrait contre son gré les jeunes nobles qui y vivent et y festoient en attendant que Pénélope, la « veuve » d'Ulysse, choisisse l'un d'entre eux pour mari. Chez Alkinoos, Démodocos chante la chute de Troie, épisode qui renvoie à *L'Iliade* ; il provoque ainsi une profonde émotion chez Ulysse, qui n'a pas encore révélé sa véritable identité.

> Le héraut revint, amenant le fidèle aède, entre tous aimé de la Muse qui lui avait donné sa part de bonheur et de malheur. Elle l'avait en effet privé de la vue, mais lui avait accordé la douceur du chant. Pour l'installer au milieu des convives, Pontonoos prit un fauteuil aux clous d'argent qu'il adossa à une haute colonne. Il suspendit la lyre sonore à un crochet au-dessus de sa tête, et lui montra comment la prendre en main ; puis il plaça devant lui, sur une belle table, une corbeille de pain et une coupe de vin, pour qu'il boive quand il en aurait envie.
>
> *Odyssée,* Chant VIII

LA NAISSANCE DE *L'ILIADE* ET DE *L'ODYSSÉE*

Il est impossible de connaître de façon certaine les circonstances réelles dans lesquelles naquirent *L'Iliade* et *L'Odyssée*. À l'origine en effet (probablement depuis le début du IXe siècle) ces textes n'étaient pas écrits ; ils se transmettaient oralement. Chacun des récitants, bien loin de les transmettre fidèlement, les modifiait au gré de sa fantaisie et de son inspiration.

En fait, entre le IXe et la fin du VIIIe siècle avant J.-C., ces deux *épopées* (récits qui content les exploits des héros) ont fait l'objet de récitations en public, qui pouvaient s'étendre sur plusieurs jours. Au cours de ces séances, les aèdes improvisaient pendant des heures, sur des sujets traditionnels : ainsi, les seigneurs, dans leur manoir, le public populaire, à l'occasion de fêtes religieuses, aimaient à entendre les *aèdes* (qui chantent des textes qu'ils composent) ou les *rhapsodes* (simples récitants d'un texte existant) conter ces histoires d'un passé héroïque et somptueux. Ils aimaient frémir au récit des colères terribles de Poséidon, dieu de la mer, ainsi qu'au récit des rencontres terrifiantes promises aux marins téméraires qui s'aventurent sur les mers lointaines et encore inconnues de l'Occident.

C'est seulement en 550 avant J.-C. à Athènes que les deux œuvres furent mises par écrit. Désormais, à l'occasion des *Panathénées* (la grande fête organisée en l'honneur d'Athéna), les rhapsodes durent chanter intégralement les deux épopées d'Homère dans un ordre déterminé. Plusieurs autres cités suivirent cet exemple et transcrivirent aussi par écrit *L'Iliade* et *L'Odyssée*, en y apportant des modifications qui flattent leur fierté : plusieurs versions ont donc vu le jour.

Au IIIe siècle avant J.-C., des érudits qui vivaient en Égypte, à Alexandrie, tentèrent de supprimer tous les ajouts pour retrouver le texte tel qu'Homère avait pu le chanter. C'est à cette occasion que chacun des poèmes fut divisé en vingt-quatre chants, répondant aux vingt-quatre lettres de l'alphabet.

LA POÉSIE D'HOMÈRE

Les deux épopées de *L'Iliade* et de *L'Odyssée* ont été composées en vers. Elles sont fort longues (12 000 vers pour *L'Odyssée*), ce qui impose un gros effort de mémoire au rhapsode. Mais le rhapsode comme l'aède puisent dans un stock considérable de formules toutes faites qui correspondent à des vers entiers ou des demi-vers toujours identiques et qui les aident à retenir par cœur ou à improviser.

Ainsi, lorsqu'un personnage prend la parole, ses propos sont inévitablement introduits par la formule « Il lui dit ces paroles ailées... » ; Nausicaa est toujours dite « aux bras blancs » ; la nymphe « aux belles boucles » ; Ulysse « aux mille tours » ou « aux mille ruses » ; la mer « vineuse » ; Athéna « la déesse aux yeux brillants » ; l'Aurore « aux doigts de rose » ; Nestor « le vieux conducteur de char ». Après un festin les convives « ont satisfait leur désir de boire et de manger ». Et cette liste est loin d'être complète...

L'INFLUENCE DE *L'ILIADE* ET DE *L'ODYSSÉE*

Pendant toute l'Antiquité, Homère a été la source de tout enseignement en Grèce. Dès son enfance, le petit Grec apprenait à lire et à écrire en lisant ses vers et en les copiant. Il apprenait par cœur *L'Iliade* et *L'Odyssée* comme nous les fables de La Fontaine. Les héros de l'épopée lui étaient proposés en exemple : Achille, le héros dont le panache et le courage fascinèrent Alexandre le Grand ; Ulysse, l'homme qui réussit dans la vie, sans trop s'embarrasser de scrupules. De même c'est chez Homère que le jeune enfant grec faisait connaissance avec les dieux. En fait, c'est Homère qui leur a donné leur nom définitif, qui a dessiné leurs traits physiques et leur caractère, qui a fixé quelques grands mythes.

Les aventures vécues par Ulysse sur la mer font à ce point partie de notre mémoire collective qu'un certain nombre d'expressions, populaires ou non, en sont directement inspirées : pensons au nom même d'*Odyssée*, devenu nom commun et qui désigne un voyage particulièrement mouvementé... sans oublier *Charybde et Scylla*, les *Sirènes*...

L'ODYSSÉE : FICTION OU RÉALITÉ ?

L'Iliade est la plus ancienne des deux épopées. Elle raconte comment, après dix années de siège, les Grecs finirent par prendre Troie. Elle exalte les exploits guerriers et les actes d'héroïsme. Elle est un poème de guerre.

Par opposition à *L'Iliade*, *L'Odyssée*, composée dans une époque de paix, raconte le retour des héros et chante la paix retrouvée. Les héros vainqueurs de Troie n'ont retiré de leur victoire que des épreuves supplémentaires et ils ont perdu la foi en l'héroïsme. Ils admirent davantage l'astuce d'un Ulysse, acquise au cours de longues épreuves et qui permet de triompher des difficultés de l'existence. Ainsi Ulysse n'affrontera pas dans un combat héroïque les jeunes nobles d'Ithaque qui, pendant son absence, ont pillé ses biens et convoité sa femme : aidé de son bouvier et de son porcher, il les prendra au piège et les massacrera comme du bétail.

L'Odyssée est aussi un roman d'aventures qui nous transporte dans un monde merveilleux et féerique. Ulysse parcourt un monde imaginaire, même si certains passages évoquent des lieux que l'on pourrait identifier avec des lieux réels : la magicienne Circé évoque le mont Circeo en Italie du sud ; le pays des Cyclopes, les volcans des îles Lipari... Quant à l'île des Phéaciens, on l'identifie souvent avec Corfou ; mais elle présente des caractères tellement étranges que certains y voient plutôt un de ces pays d'où l'on ne revient jamais, une sorte de monde des morts, gouverné par un couple d'une sagesse extrême, où tout est différent du monde des vivants. *L'Odyssée* n'est donc pas un document géographique.

Ce n'est pas davantage un document historique, qui permettrait de connaître la Grèce de l'époque d'Homère. Les fouilles archéologiques ont bien permis de faire des découvertes qui sont l'exacte illustration de certaines descriptions d'Homère : le palais d'Ulysse à Ithaque comme celui d'Alkinoos en Phéacie renvoient par exemple à l'architecture et à la splendeur de Mycènes, la ville du roi légendaire Agamemnon. On y découvrit, à la fin du XIXe siècle, des masques d'or, des bijoux, des bibelots splendides, vestiges d'une civilisation riche et raffinée remontant au XIIIe siècle avant J.-C. Mais cette civilisation, appelée mycénienne, n'existe plus au moment où *L'Odyssée* se constitue : elle a disparu depuis plus de quatre cents ans. Le poète et ses contemporains en conservent le souvenir ébloui et nostalgique qui survit dans les histoires que l'on s'est transmises de génération en génération. Ainsi les héros achéens — qu'Homère appelle aussi Argiens, Danaens ou Panachéens — et le décor où ils vivent évoquent l'époque très ancienne de la civilisation mycénienne : XIIIe siècle avant J.-C.

Mais Homère les fait vivre dans une société qui ressemble plutôt à celle de son temps : fin du VIIIe-début du VIIe siècle avant J.-C. En effet, après la destruction des palais mycéniens (vers 1150 avant J.-C.), les puissants et riches seigneurs guerriers, avides de s'illustrer à la guerre et aimant les somptueux butins, ont disparu. Ils ont été remplacés par des hommes, repliés sur eux-mêmes, regroupés en petits noyaux isolés ; ils ne savent plus écrire, ils n'ont plus de palais ni de villes bien construites. C'est seulement à l'époque d'Homère que commence une sorte de renaissance : l'écriture fait sa réapparition (on adopte l'alphabet phénicien), les céramiques deviennent plus raffinées, les premiers temples en pierre sont édifiés.

En fait, il est aussi difficile de connaître, à travers *L'Odyssée,* ce qu'était la Grèce au temps d'Homère, qu'il serait difficile de connaître le règne de Louis XIV si nous avions comme unique document à notre disposition les contes de Charles Perrault : *Le Chat Botté, Barbe Bleue, Cendrillon* ou *Le Petit Chaperon rouge,* par exemple.

En vérité, lorsque Homère compose son épopée, il se souvient des belles histoires et des contes populaires qu'il a entendu raconter. Il retrouve ainsi les souvenirs d'un lointain passé (XIVe-XIIIe siècle avant J.-C.) que la mémoire collective et la tradition ont embelli et il mêle à tout cela des éléments que lui inspirent son époque (fin VIIIe – début VIIe siècle avant J.-C.) ou son imagination.

LES TROIS RÉCITS DE *L'ODYSSÉE*

L'Odyssée s'organise en trois ensembles qui peuvent être lus indépendamment les uns des autres.

1. ULYSSE REVIENDRA-T-IL À ITHAQUE ? Les chants 1 à 4 racontent comment Télémaque, fils d'Ulysse, part chercher des nouvelles de son père auprès de deux des héros de la guerre de Troie qui ont depuis longtemps retrouvé leur pays : le vénérable Nestor à Pylos et le blond Ménélas à Lacédémone. Les chants 5 à 7 racontent comment, pendant ce temps-là, Ulysse quitte l'île de Calypso et parvient, après quelques mésaventures, chez les Phéaciens qui l'accueillent.

2. LES AVENTURES EXTRAORDINAIRES D'ULYSSE. Dans un long retour en arrière, Ulysse raconte aux princes phéaciens, réunis

chez le roi Alkinoos, les aventures qu'il a vécues depuis son départ de Troie jusqu'à ce jour. (Chants 8 à 12.)

3. LA VENGEANCE D'ULYSSE. Ulysse revient à Ithaque sur un navire phéacien. Il retrouve son porcher Eumée, son fils Télémaque, son vieux chien. Il est reconnu par sa nourrice, Euryclée. Il se venge des prétendants de Pénélope en les massacrant tous avant de se faire reconnaître de sa fidèle épouse. (Chants 13 à 24.)

CHRONOLOGIE

FAITS HISTORIQUES
(tels qu'on peut aujourd'hui tenter de les présenter)

2000 av. J.-C.

- Arrivée d'une première vague de Grecs dans le Péloponnèse
- Construction **en Crète** des premiers palais
- Fondation de **Troie**

1750 av. J.-C.

- Arrivée d'une seconde vague de Grecs : **les Achéens** dont parle Homère
- Fondation de villes en Argolide
- Destruction en Crète des premiers palais
- Construction des seconds palais en Crète : **apogée de Cnossos**
- Invention de l'écriture

1400 av. J.-C.

- Éruption du volcan de Santorin
- Destruction des palais crétois
- **Apogée de Mycènes**
- Prise de Troie vers 1260

1150 av. J.-C.

- Arrivée d'une troisième vague de Grecs dans le Péloponnèse : les Doriens
- **Destruction de Mycènes**
- Disparition de l'écriture
- Apparition du fer

900 av. J.-C.

- Apparition des cités grecques
- Fondation de Sparte
- Apparition des bateaux de guerre
- Réapparition de l'écriture

776 av. J.-C.

- Création des jeux Olympiques
- **Homère**

LÉGENDE

- **Cécrops** Ier roi d'Athènes né de la terre même
- **Minos** Ier roi de Cnossos

- **Égée**, roi d'Athènes
- **Minos II**, roi de Cnossos
- **Thésée**, fils d'Égée, tue le Minotaure
- **Agamemnon**, roi de Mycènes, chef de l'expédition contre Troie

Retour des **descendants d'Héraclès** et de son épouse Déjanire qui colonisent le Péloponnèse, pays d'origine d'Héraclès

LA GRÈCE
Axios
MACÉDOINE
Mont Olympe
Pénée
PHTHIE
Schérie
Sperchios
Mont Parnasse
Delphes
Pytho
Achélôos
BÉOTIE
Golfe de Corinthe
Samé
Ithaque
Corinthe
Mycènes
Épida
Olympie
Tirynthe
ARGOLID
Zacynthe
Phérès
Pylos (des sables)
Alphée
Lacédémone
Mer Ionienne
Cap Mal
Cythère
MER MÉDITERRANÉE

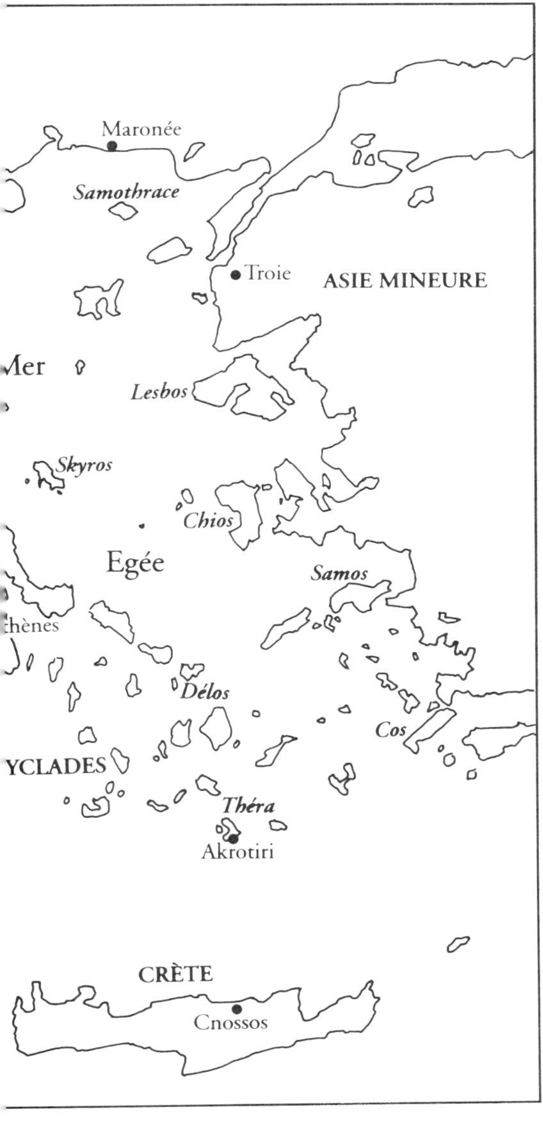
Maronée
Samothrace
Troie
ASIE MINEURE
Mer
Lesbos
Skyros
Chios
Egée
Samos
thènes
Délos
Cos
YCLADES
Théra
Akrotiri
CRÈTE
Cnossos

L'ODYSSÉE
CHANTS VIII-XII

Résumé des chants I à VII

Voilà vingt ans qu'Ulysse a quitté sa petite patrie d'Ithaque pour suivre le roi Agamemnon à Troie. Après dix années de siège, grâce à la ruse d'Ulysse, Troie a été enfin vaincue et détruite. Les chefs grecs ont alors pris le chemin du retour, les uns regagnant sains et saufs leur patrie, les autres trouvant la mort au cours du voyage. Hélène est rentrée à Lacédémone avec son époux, Ménélas. Ulysse est vivant mais il n'a toujours pas regagné Ithaque après dix années d'errance. Son fils Télémaque est parti, sur les conseils d'Athéna, tenter de recueillir des nouvelles de son père : après avoir été reçu par Nestor puis Ménélas, il s'apprête à retourner dans son pays. Pendant ce temps, la nymphe Calypso qui retenait Ulysse depuis sept ans, l'a aidé, sur l'ordre de Zeus, à reprendre la mer. Mais au bout de dix-sept jours de navigation, alors que la côte est déjà en vue, Poséidon déchaîne une violente tempête qui met en pièces son radeau et le précipite à la mer. Ballotté deux jours et deux nuits par les flots, Ulysse échoue enfin sur les côtes de Phéacie où il s'endort sous le couvert des arbres.

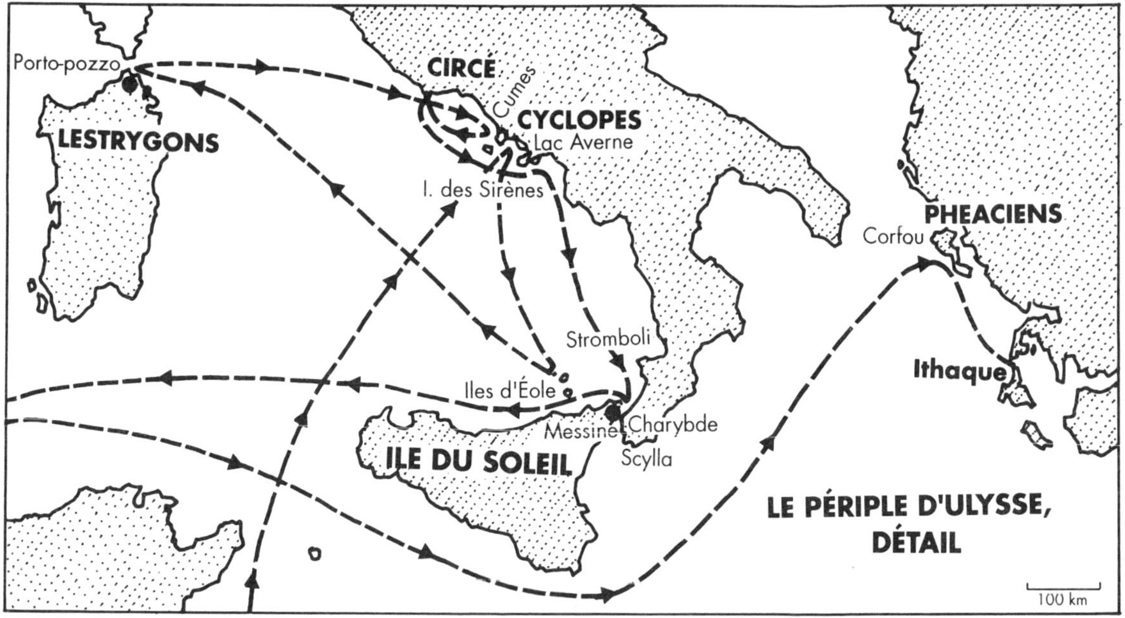
Porto-pozzo
LESTRYGONS
CIRCÉ
Cumes
CYCLOPES
Lac Averne
I. des Sirènes
PHEACIENS
Corfou
Stromboli
Ithaque
Iles d'Éole
Messine
Charybde
Scylla
ILE DU SOLEIL
LE PÉRIPLE D'ULYSSE,
DÉTAIL
100 km

AU PALAIS D'ALKINOOS

(Chant VIII)

Conduit au palais par la princesse Nausicaa, il est accueilli par le roi Alkinoos et son épouse Arété. Avant de faire reconduire Ulysse dans sa patrie, Alkinoos offre un festin en son honneur.

Quand les convives eurent assez bu et assez mangé, l'astucieux Ulysse adressa ces paroles à Démodocos : « Démodocos, je t'estime plus que tout autre mortel car c'est la Muse, fille de Zeus, qui t'a enseigné tes chants, ou bien c'est Apollon tant tu chantes bien le malheur des Achéens [1], leurs exploits, leurs maux et leurs épreuves. On dirait que tu y assistais en personne ou bien que tu les as entendu raconter par un témoin. Allons, change de sujet ; chante la mise en place du cheval de bois ; Épeios le construisit avec l'aide d'Athéna et Ulysse l'introduisit par

1. *Achéens* : terme par lequel Homère désigne les Grecs.

ruse à l'intérieur de l'acropole [1] de Troie avec son chargement de guerriers qui mirent la ville à sac. Si tu me contes tout cet épisode en détail, je proclamerai aussitôt partout que c'est un dieu qui t'a doté de ton chant divin. »

Ainsi parla-t-il. L'aède, inspiré par un dieu, commença et déroula son chant ; il prit son récit au moment où les Argiens [2], montés sur leurs vaisseaux aux solides bordages, s'en allaient, après avoir mis le feu à leurs tentes ; les autres, enfermés dans le cheval auprès du glorieux Ulysse, étaient déjà sur l'agora de Troie : en effet les Troyens l'avaient eux-mêmes tiré à l'intérieur de leur acropole. Le cheval se dressait, là, et les Troyens palabraient à n'en plus finir, sans prendre de décision, assis autour de lui. Ils hésitaient entre trois solutions : ou bien percer le bois avec un bronze impitoyable, ou bien le tirer tout en haut et le précipiter du haut des rochers, ou bien le garder comme une offrande propre à leur rendre les dieux favorables. C'est ce dernier parti qui devait prévaloir. La ruine de la cité était inévitable depuis que ses murs renfermaient le grand cheval de bois, où étaient embusqués tous les Argiens les plus vaillants apportant le

1. *Acropole* : partie haute de la ville, où se trouve les lieux les plus sacrés.

2. *Argiens* : terme par lequel Homère désigne les Grecs.

meurtre et la mort. L'aède chanta aussi comment la ville fut mise à sac par les fils des Achéens, jaillis du cheval, après avoir quitté la cavité où ils étaient embusqués. Il chanta comment chaque guerrier prit part au saccage de la ville haute ; puis comment Ulysse, tel Arès, était allé droit à la demeure de Déiphobe [1], avec le divin Ménélas. C'est là qu'il avait soutenu le plus terrible combat et fini par remporter la victoire, grâce à la magnanime Athéna. Tels étaient les exploits que chanta l'illustre aède.

Cependant le cœur d'Ulysse se fondait, et des larmes, coulant de ses paupières, mouillaient ses joues. [...] Nul ne s'aperçut qu'il en versait ; seul Alkinoos les remarqua ; il était en effet assis près de lui, et avait entendu ses profonds gémissements. Aussitôt il dit aux Phéaciens habiles rameurs : « Écoutez, guides et conseillers des Phéaciens ; que Démodocos cesse maintenant de faire entendre sa lyre sonore ; car tous ne prennent pas plaisir à son chant. Depuis que nous festoyons et que le divin aède s'est levé, notre hôte ne cesse de gémir tristement ; une grande souffrance a, je crois, rempli son cœur. Que l'aède s'arrête donc, pour que nous goûtions tous égal plaisir, notre hôte et nous qui le recevons ; ce sera beaucoup mieux ainsi. Tout est prêt pour notre hôte

1. *Déiphobe* : fils de Priam et d'Hécube ; après la mort de Pâris, il épousa Hélène.

vénérable, la suite qui doit l'accompagner, les cadeaux que lui offre notre amitié. L'hôte et le suppliant sont comme des frères, pour qui n'est pas sans cœur.

« Maintenant, à ton tour, ne cache rien ; réponds sans détour à mes questions. Il est mieux pour toi de parler sans feinte. Dis ton nom ; comment t'appelaient dans ton pays ta mère, ton père, et tous les habitants de la ville et des environs ? Car, noble ou misérable, tout homme porte un nom dès qu'il vient au monde ; à la naissance, les parents en donnent un à chacun. Dis-moi donc ta terre, ton peuple, ta cité, où devront te ramener nos vaisseaux doués d'intelligence ; ils n'ont point de pilote ni de gouvernail, comme en ont tous les autres ; mais ils savent par eux-mêmes les pensées et les sentiments des hommes ; de tous ils connaissent les villes et les grasses campagnes ; très vite, ils traversent le gouffre de la mer, bien qu'ils soient couverts de brume et de nuées, et jamais ils n'ont à craindre d'être endommagés ni de périr. »

(Chant IX)

L'astucieux Ulysse lui répondit : « Puissant Alkinoos, le plus renommé de tous les hommes, quel plaisir que d'entendre un aède comme celui-ci : son chant en fait l'égal des dieux. Pour moi, je l'assure, on ne peut rien souhaiter de plus agréable que de voir la joie de tout un peuple quand, dans les palais, les convives assis chacun selon son rang devant les tables pleines de pain et de viandes, écoutent le chant de l'aède et que l'échanson, puisant le vin au cratère, le porte et le verse dans les coupes. C'est le plus beau spectacle que mon esprit puisse imaginer.

« Ton cœur a senti le désir de m'interroger sur les chagrins qui me font soupirer ; tu veux donc ainsi que je pleure et gémisse encore davantage ? Par où commencer, par où finir ce récit, tant sont nombreuses les peines que m'ont données les dieux qui habitent le ciel ?

« Je commencerai par dire mon nom, afin que vous le connaissiez et que, si le destin funeste m'épargne, je reste votre hôte, si lointaine que soit ma demeure. Je suis Ulysse, fils de Laërte ; à cause de mes ruses tous les hommes s'intéressent à moi, et ma gloire atteint le ciel. J'habite Ithaque, qui s'aperçoit de loin ; un mont s'y dresse, le Nériton, dont le vent agite les feuillages et dont la cime est visible du large ; tout autour se pressent des îles très proches les unes des autres, Doulichion, Samé, Zacynthe couverte de forêts. Mon Ithaque est basse et la plus éloignée vers l'occident ; les autres sont du côté de l'orient et du midi. L'île est rocheuse, mais elle nourrit de beaux garçons. Il n'est pour moi rien de plus doux que de voir cette terre. Calypso, l'illustre déesse, cherchait à me retenir auprès d'elle dans sa grotte creuse, car elle désirait m'avoir pour époux. De même Circé, la magicienne qui habite Aiaié, me gardait prisonnier dans sa demeure car elle désirait aussi m'avoir pour époux ; mais jamais elle ne persuada mon cœur au fond de ma poitrine. Oh ! non ! rien n'est plus doux que la patrie et les parents, même si l'on habite un riche domaine loin d'eux en terre étrangère.

« Allons ! je vais te raconter mon retour et les nombreuses épreuves que Zeus m'impose depuis mon départ de Troade.

LE RÉCIT D'ULYSSE

AU PAYS DES CICONES

« En m'emportant d'Ilion, le vent me pousse vers Ismaros [1], le pays des Cicones. Là, je mets à sac la cité, j'en massacre les hommes ; après quoi on prend dans la ville les femmes, les richesses que l'on se partage, afin que nul ne puisse me reprocher de s'en aller frustré de la part qui lui revient. Je conseille alors une fuite rapide ; mais les autres, ces fous, ne m'écoutent pas. Que de vin l'on boit ! que de moutons et de bœufs aux pieds tordus et à la marche traînante on égorge le long du rivage !

« Pendant ce temps, les Cicones vont clamer leur malheur à d'autres Cicones, leurs voisins, plus nombreux ceux-là et plus

1. *Ismaros* : montagne sur la côte méridionale de Thrace (voir carte p. 18-19).

vaillants, qui habitent l'intérieur des terres. Ils savent combattre leurs ennemis sur un char et, si besoin est, à pied. Ils arrivent donc un matin, aussi nombreux que les feuilles et les fleurs au printemps. Zeus, pour notre malheur, nous inflige maintes souffrances. Les Cicones engagent le combat en bon ordre sur le flanc de nos vaisseaux rapides ; on se lance mutuellement des javelots de bronze. Tant que dure l'aurore et que grandit le jour sacré, nous résistons et tenons bon contre les ennemis qui sont plus nombreux ; mais quand le soleil décline et que c'est l'heure de dételer les bœufs, ils font reculer et domptent mes Achéens. Sur chaque vaisseau, six de mes compagnons aux bonnes jambières périssent ; nous autres, nous fuyons loin de la mort et du destin.

« Quand Aurore aux belles boucles a fait naître le troisième jour, nous dressons les mâts et déployons les voiles blanches ; nous prenons nos places ; le vent et les pilotes dirigent les nefs. Peut-être serais-je arrivé sans dommage à la terre paternelle ; mais la houle, le courant et Borée [1] me détournent, alors que je double le cap Malée [2], et m'égarent au-delà de Cythère.

1. *Borée* : vent qui souffle du nord et qui, par conséquent, entraîne Ulysse vers le sud, au-delà des limites du monde connu.

2. *Malée* : l'un des trois caps du sud du Péloponnèse, le plus à l'est. Il était célèbre pour ses bourrasques.

AU PAYS DES LOTOPHAGES

« Dès lors, neuf jours durant, je suis emporté par des vents funestes sur la mer poissonneuse ; le dixième, on met le pied sur la terre des Lotophages [1] qui se nourrissent de fleurs [2]. Nous débarquons sur la terre ferme ; on puise l'eau et, bien vite, mes compagnons prennent leur repas sur les vaisseaux rapides. Quand nous avons mangé notre pain et bu notre boisson, j'envoie reconnaître quels mangeurs de pain habitent cette terre : j'avais choisi deux hommes, et leur avais adjoint un héraut. Ils partent aussitôt et vont se mêler aux Lotophages. Ces derniers ne veulent point leur mort ; mais ils leur donnent du lotos à manger ; or, dès que quelqu'un en a mangé le fruit doux comme le miel, il ne veut plus rapporter les nouvelles ni revenir. Tous voudraient rester là parmi les Lotophages, à se repaître du lotos en oubliant le retour.

« Je dois, moi, les ramener de force tout en larmes à leurs vaisseaux ; je les tire et les attache à fond de cale sous les bancs. Puis je fais embarquer en hâte, presse les compa-

1. *La terre des Lotophages* : il s'agirait de Djerba, située dans le sud tunisien.

2. *Fleurs* : il ne s'agit pas du lotus d'Égypte qui est une sorte de nénuphar. Peut-être s'agit-il des fleurs et des fruits de palmiers-dattiers, qui restent encore aujourd'hui la principale ressource de la région.

gnons, qui me sont restés fidèles ; j'ai peur qu'en goûtant au lotos ils n'oublient aussi le retour.

« Ils s'embarquent aussitôt et s'assoient à leur banc : puis, assis en bon ordre, ils frappent de leurs rames la mer qui blanchit d'écume.

AU PAYS DES CYCLOPES

« Nous poursuivons notre route, le cœur affligé. Nous arrivons à la terre des Cyclopes [1], ces brutes sans foi ni lois, qui ont tellement confiance dans les dieux immortels qu'ils ne font de leurs mains aucune plantation, aucun labourage. Chez eux tout naît sans que la terre ait reçu ni semence ni labour : le froment, l'orge, et les vignes qui donnent le vin des lourdes grappes, que gonfle pour eux la pluie de Zeus. Ils n'ont ni assemblées délibérantes ni lois ; ils habitent sur les sommets de hautes montagnes, dans des cavernes, et chacun, sans se soucier des autres, impose sa loi à ses enfants et à ses femmes.

« Une île couverte de broussailles s'étend devant le port, ni proche ni éloignée de la

1. *Cyclopes* : signifie œil rond. Les Grecs pensaient déjà que les cyclopes personnifiaient les volcans. On a pensé qu'il s'agissait peut-être ici de la région volcanique qui se trouve au sud de Naples, dont les volcans, en activité à l'époque d'Homère, sont aujourd'hui au repos.

terre des Cyclopes ; elle est boisée et les chèvres sauvages [1] y vivent en grand nombre ; jamais un pas humain ne les effarouche ; pas de chasseurs qui peinent dans la forêt pour les y poursuivre, en cherchant à atteindre les sommets des monts. [...] On y trouve un port au mouillage sûr, où il n'y a pas besoin d'amarre ; pas de pierres à jeter de la proue, ni de câbles à lier à la poupe ; a-t-on abordé, on peut y rester en attendant que les matelots soient d'humeur à repartir et que soufflent les vents favorables. Au fond du port coule une eau claire, une source qui jaillit d'une grotte, et tout autour des peupliers ont poussé. C'est là que nous débarquons ; un dieu nous guide dans la nuit noire ; on n'y voit goutte car un brouillard épais enveloppe nos vaisseaux ; la lune ne brille pas car des nuages la cachent. Nos yeux ne distinguent pas l'île et les grandes vagues qui roulent sur la grève ne sont pas visibles. On échoue nos nefs aux solides bordages ; cela fait, on amène toute la voilure puis on débarque sur la grève. Là on s'endort en attendant la brillante Aurore.

« Dès que, née au matin, paraît Aurore aux doigts de rose, nous faisons le tour de l'île et cela nous remplit d'admiration. Des nymphes, filles de Zeus qui porte l'égide [2], font

1. *Chèvres sauvages* : peut-être l'île de Capri, qui signifie, île aux chèvres.

2. *Égide* : désigne le bouclier de Zeus, fait avec la

lever de leur gîte des chèvres montagnardes : quel bon repas pour mes compagnons ! Aussitôt, nous allons chercher dans les vaisseaux les arcs recourbés et les javelots à longue douille, et, répartis en trois groupes, nous lançons nos traits. Sur-le-champ un dieu nous accorde une chasse qui comble nos désirs. Douze vaisseaux me suivent ; neuf chèvres échoient à chacun, et pour moi seul on en prélève dix. Dès lors, pendant tout le jour jusqu'au coucher du soleil, nous restons à festoyer, mangeant force viandes et buvant le vin doux comme le miel : le vin rouge de nos vaisseaux n'était en effet pas encore épuisé ; il y en a de reste, tant chacun en a mis dans les amphores, après la prise de la ville des Cicones. Nous apercevons la terre des Cyclopes, qui sont proches ; nous voyons de la fumée, entendons leurs voix, le bêlement de leurs brebis et de leurs chèvres. Lorsque le soleil est couché et la nuit venue, on s'endort sur la grève.

« Mais, dès que, née au matin, paraît Aurore aux doigts de rose, j'assemble mes

---

peau de la chèvre Amalthée, qui avait nourri Zeus de son lait au temps où sa mère Rhéa l'avait caché en Crète pour le soustraire à la voracité de son père Cronos. L'égide était hérissée comme une toison, garnie de franges et bordée de serpents, avec une tête de Gorgone au milieu. Grâce à elle Zeus répand la terreur, en y ajoutant le plus souvent tonnerre et éclairs. Il arrive que Zeus la prête à Athéna.

gens et leur dis : “Restez là pour le moment, vous autres, mes fidèles compagnons, pendant que moi, avec mon vaisseau et mon équipage, je tâcherai de savoir quels sont ces hommes, s'ils sont violents, sauvages et sans justice ou bien s'ils accueillent l'étranger et respectent les dieux.”

« Ayant ainsi parlé, je monte à bord et ordonne à mes gens d'y monter eux-mêmes et de détacher les câbles de la poupe. Ils s'embarquent aussitôt, s'assoient à leurs bancs, puis assis en bon ordre, ils frappent de leurs rames la mer qui blanchit d'écume.

POLYPHÈME

« Nous voilà dans cette contrée, toute proche d'ailleurs ; à la pointe extrême, près de la mer, nous voyons une haute caverne couverte de lauriers. Là, parque un nombreux bétail (brebis et chèvres) ; tout autour, un haut mur d'enceinte construit avec des pierres fichées en terre, des pins élancés et des chênes à la haute chevelure. C'est là qu'a son gîte un être monstrueux, qui fait paître ses brebis seul, loin des autres ; il ne les fréquente pas et reste à l'écart, ne connaissant aucune loi. C'est un monstre étonnant ; il ne ressemble même pas à un homme mangeur de pain, mais à un pic boisé, qui se détache parmi les hautes montagnes.

« J'ordonne alors à mes fidèles compagnons de rester près du vaisseau pour le garder ; et moi, je me mets en route avec douze d'entre eux, choisis parmi les meilleurs. J'ai une outre de chèvre pleine de ce vin noir si doux que m'a donné Maron, fils d'Éventhès, le prêtre d'Apollon, qui veille sur Ismaros ; en effet, nous l'avons épargné, lui, son enfant et sa femme, par respect car il habite au milieu des arbres d'un bois consacré à Phébus Apollon ; aussi m'a-t-il fait des dons magnifiques, sept talents [1] d'or bien travaillés, un cratère tout en argent, et en outre un lot de douze amphores qu'il a remplies d'un vin pur doux comme le miel, breuvage divin ; aucun des serviteurs ni des servantes de la maison ne sait où il le cache ; il n'y a dans le secret que lui, sa femme et la seule intendante. Quand ils veulent boire du vin rouge, doux comme le miel, il en remplit une seule coupe, qu'il verse dans vingt mesures d'eau, et pourtant il fleure du cratère un bouquet divin ; on ne peut alors pas résister à l'envie d'en boire. J'en ai emporté une grande outre que j'ai remplie ; j'en ai

1. *Sept talents* : il s'agit d'une quantité d'or considérable, qu'il est toutefois difficile de préciser. En effet, nous ignorons le poids exact du talent homérique. Plus tard, à Égine, le talent correspondra à 37 kilogrammes, c'est-à-dire à peu près le poids des talents de bronze découverts en Crète. Le prêtre d'Apollon aurait donc donné 259 kilos d'or à Ulysse.

aussi dans un sac de cuir, qui ne me quitte pas.

« Il ne nous faut pas longtemps pour arriver à la caverne ; le Cyclope n'y était point : il faisait paître au pacage ses grasses brebis. Entrés dans cette caverne, nous y admirons tout : des claies ploient sous le poids de fromages, des étables regorgent d'agneaux et de chevreaux ; chaque âge a son espace délimité par une clôture ; d'un côté, les vieux ; d'un autre, la génération intermédiaire ; de l'autre, enfin, les jeunes ; tous les récipients faits pour la traite, jattes et terrines, débordent de petit lait. Mes compagnons me prient de les laisser prendre des fromages avant de nous en retourner ; puis de regagner vite le vaisseau rapide, après avoir fait sortir des étables chevreaux et agneaux, et de reprendre la mer ; mais je ne me laisse pas convaincre, ce qui, pourtant, eût bien mieux valu ; je veux le voir et j'espère qu'il me fera des présents d'hospitalité. Mais son apparition ne devait pas faire le bonheur de mes compagnons.

« On allume du feu, on fait le sacrifice, et, ayant pris des fromages, on en mange en l'attendant, assis à l'intérieur, jusqu'au moment où il arrive, conduisant son troupeau. Il porte un lourd chargement de bois sec, pour préparer son repas du soir ; il le jette à l'intérieur de la caverne, en faisant grand bruit ; la peur nous chasse au fond de la caverne. Il pousse sous la large voûte les grasses brebis à traire, et laisse les mâles, béliers et boucs, à la porte, à l'intérieur du haut enclos. Puis il soulève et met en place un gros bloc de pierre qu'il a levé en l'air malgré son poids ; vingt-deux chevaux attelés à de bons chariots ne pourraient le faire bouger ; c'est ce bloc infranchissable qu'il place devant l'entrée ; ensuite, il s'assoit pour traire brebis et chèvres bêlantes, faisant tout avec ordre, et il place un petit sous chaque femelle. Ayant tout de suite fait cailler la moitié du lait blanc, il le recueille dans des corbeilles tressées, qu'il dispose sur les claies ; il en met l'autre moitié dans des récipients, afin de n'avoir qu'à le prendre pour le boire et en faire son repas du soir. Quand il a achevé tout son travail, il allume rapidement le feu, nous voit et nous interroge : "Étrangers, qui êtes-vous ? D'où venez-vous, par les routes des eaux ? Faites-vous quelque commerce, ou bien avez-vous erré à l'aventure, comme les pirates qui vont risquer leur vie sur la mer et portent le malheur aux gens d'autres pays ?" Ainsi parle-t-il ; nous, nous avons le cœur brisé d'épouvante par sa voix rauque et sa taille monstrueuse.

« Voici ce que pourtant je lui réponds : "Nous sommes des Achéens ; nous venons de Troade ; toutes sortes de vents nous ont égarés sur le grand gouffre de la mer ; nous voulons nous en retourner chez nous ; mais nous avons perdu notre route et nous sommes arrivés ici. C'est sans doute que Zeus a un autre dessein. Nous nous vantons d'être des gens d'Agamemnon, fils d'Atrée ; sa gloire est aujourd'hui sans égale sous les cieux, si puissante était la ville qu'il a mise à sac et si nombreux les peuples qu'il a détruits. Nous, nous sommes arrivés ici, et nous touchons tes genoux, espérant que tu hébergeras tes hôtes, et que tu leur feras en outre un présent, conformément à la loi de l'hospitalité. Très puissant, respecte les dieux ; nous venons à toi, en suppliants ; Zeus est le vengeur des suppliants et des hôtes ; c'est le dieu de l'hospitalité ; il accompagne les étrangers qui le révèrent."

« Ainsi parlé-je ; il me répondit sur-le-champ d'un cœur impitoyable : "Tu n'es qu'un sot, étranger, ou bien tu viens de loin, pour me conseiller de craindre ou d'éviter les dieux ! Les Cyclopes n'ont pas à se soucier de Zeus qui tient l'égide, ni des dieux bienheureux, car nous leur sommes bien supérieurs. Quant à moi, si je vous épargne, toi et tes compagnons, ce ne sera pas pour éviter la haine de Zeus, mais c'est mon cœur qui m'y poussera. Mais, dis-moi, où as-tu, en arrivant, amarré ta nef solide ? Est-ce au bout de l'île, ou près d'ici ? Je voudrais le savoir !"

« Il parle ainsi pour voir quelle sera ma réaction ; cela ne m'échappe pas car j'en sais déjà assez long ; j'invente l'histoire suivante : “Poséidon, l'Ébranleur de la terre, a brisé mon vaisseau ; il l'a jeté contre des rochers au bout de votre terre, où nous a poussés le vent depuis la haute mer ; mais mes compagnons et moi, nous avons échappé à la mort.”

« Je dis ; et lui, ce cœur impitoyable, ne me répond rien ; mais, s'étant élancé, il porte les mains sur mes compagnons ; il en saisit deux ensemble et les frappe contre terre comme de petits chiens ; leur cervelle coule sur le sol et arrose la terre ; puis, ayant découpé leurs membres, il prépare son souper. Il les mange et, ce faisant, il ressemble à un lion nourri dans les montagnes ; il n'en laisse rien, ni entrailles, ni chairs, ni os pleins de moelle. Nous, en pleurant, nous tendons nos mains vers Zeus, témoins de ces actes monstrueux ; nous ne savons que faire. Puis, quand le Cyclope a rempli sa panse de cette chair humaine et du lait pur qu'il boit par-dessus, il se couche au fond de sa caverne tout de son long au milieu de ses brebis.

« Alors n'écoutant que mon courage, je vais m'approcher de lui, tirer du long de ma cuisse mon épée aiguë pour la lui plonger dans la poitrine, à l'endroit où le diaphragme touche le foie : ma main saura bien tâter. Mais une idée me retient. Si nous restons là, nous aussi nous sommes condamnés à mourir ; car nos bras ne pourront enlever la lourde pierre, qu'il a placée contre la porte.

« En gémissant, nous attendons la brillante Aurore.

« Dès que, née au matin, paraît Aurore aux doigts de rose, il allume le feu et se met à traire ses brebis superbes, l'une après l'autre, et il place un petit sous chacune. Quand il a fait rapidement tout son travail, il saisit ensemble encore deux de mes hommes et prépare son déjeuner. Son repas achevé, il fait sortir de la caverne ses grasses brebis, après avoir sans effort retiré la grosse pierre qui ferme la porte ; il la replace ensuite comme il eût remis le couvercle d'un carquois. A grands coups de sifflet, le Cyclope guide ses grasses brebis vers la montagne. Et moi, je reste là, méditant mon malheur au fond de ma poitrine ; je cherche un moyen de nous venger, souhaitant qu'Athéna m'accorde cette gloire.

« Voici le plan qui me paraît le meilleur. Le Cyclope a laissé contre l'un de ses parcs sa grande massue : c'est un bois d'olivier encore vert, qu'il a cassé pour le porter une fois sec. En la voyant, nous l'avons comparée, tant elle est longue et grosse, au mât d'un noir vaisseau de transport, à vingt bancs de rames, qui franchit l'immensité des mers. Je m'approche, j'en coupe la longueur d'une brasse, je la passe à mes compagnons et leur ordonne d'en ôter l'écorce. Ils la polissent, et moi, j'en taille la pointe, et tout aussitôt je la durcis au feu qui flambe. Puis je la cache avec soin sous le fumier, répandu dans la caverne en une couche large et épaisse. Ensuite, je presse mes compagnons de tirer au sort ceux qui devront partager avec moi le risque de lever le pieu et de le faire tourner dans l'œil du Cyclope, quand le doux sommeil l'aura gagné. Le sort désigne ceux que j'aurais moi-même aimé choisir, quatre, ce qui avec moi fait cinq.

« Au soir il revient, ramenant son troupeau à la belle toison. Aussitôt il pousse dans la spacieuse caverne les grasses brebis, toutes au complet ; il n'en laisse aucune dans la profonde cour, soit qu'il ait quelque idée en tête, soit qu'un dieu en ait ainsi ordonné. Ensuite, il place contre la porte la grosse pierre, qu'il a soulevée. Puis, accroupi, il se met à traire les brebis et les chèvres bêlantes, chacune à son tour, et place le petit sous chacune. Quand il a fait rapidement tout son travail, il saisit encore deux de mes hommes ensemble, et prépare son souper.

« Alors je m'approche et m'adresse au Cyclope, tenant en main une jarre de vin noir : "Cyclope, tiens, bois ce vin sur la chair humaine que tu viens de manger ; tu verras quelle bonne boisson nous avions à bord. Je t'apporte cette libation dans l'espoir que tu me prennes en pitié et me laisses partir chez moi. Mais ta démence n'est plus supportable.

Cruel ! Comment d'autres hommes, si nombreux qu'ils soient, t'approcheraient-ils jamais quand tu agis au mépris de toute loi ?"

« Ainsi parlé-je ; il prend la jarre et la vide. Et à boire le doux breuvage il sent une joie formidable, il m'en demande une seconde fois : "Aie la gentillesse de m'en donner encore, et dis-moi tout de suite ton nom ; je veux te faire un présent d'hospitalité qui te réjouisse. Sans doute, pour les Cyclopes la terre qui donne le blé produit le vin des lourdes grappes, que gonfle la pluie de Zeus. Mais ce vin-ci est pur jus d'ambroisie et de nectar."

« Ainsi parle-t-il ; je lui verse donc une nouvelle rasade de vin aux reflets de feu. Je lui en apporte et donne trois fois, et trois fois il boit, l'imprudent ! Puis, quand le vin a enveloppé les esprits du Cyclope, je lui adresse ces paroles douces comme le miel : "Cyclope, tu me demandes mon nom ; je vais donc te le dire. Toi, fais-moi un présent d'hospitalité, comme tu l'as promis. Personne, voilà mon nom. C'est Personne que m'appellent ma mère, mon père, et tous mes compagnons." Ainsi parlé-je ; il me repartit aussitôt d'un cœur impitoyable : "Personne, je te mangerai le dernier de tes compagnons ; oui, tous les autres avant toi ; ce sera mon présent d'hospitalité."

« Ce disant, il se renverse et tombe sur le dos. Il est couché, son col épais ployé, et le sommeil, irrésistible dompteur, le prend. De sa gorge jaillissent du vin et de la chair humaine ; il rote dans son ivresse. Alors moi, je pousse le pieu sous la cendre épaisse, jusqu'à ce qu'il soit chaud. J'encourage de mes paroles tous mes compagnons : il ne s'agit pas que l'un d'eux, pris de peur, m'abandonne... Dès que l'épieu d'olivier, encore vert pourtant, est près de flamber, répandant une terrible lueur, je le tire du feu et l'approche ; mes compagnons se tiennent autour de moi ; un dieu leur a inspiré grande hardiesse. Ayant saisi l'épieu d'olivier, ils en appuient la pointe sur le globe de l'œil ; moi, pesant dessus de tout mon poids, je le fais tourner sur lui-même : quand on fore le bois d'un navire avec une tarière, on enroule au pied de l'instrument une courroie sur laquelle on tire des deux côtés pour la mouvoir, et elle vire toujours à la même place ; ainsi, tenant l'épieu aiguisé au feu, nous le faisons pivoter dans l'œil ; le sang jaillit autour de la pointe brûlante, sous les paupières et les sourcils la prunelle grillée siffle, et les racines grésillent sous la flamme. Quand un forgeron trempe une grande hache ou une cognée dans l'eau froide pour la durcir, le métal siffle fortement ; ensuite grande est la résistance du fer. Ainsi siffle l'œil du monstre autour de l'épieu d'olivier.

« Terrible est le gémissement qu'il pousse ; la roche le répercute tout alentour. Et nous nous enfuyons, épouvantés. Il retire de son œil

l'épieu souillé de sang. En délire, il le rejette loin de lui. Puis il appelle à grands cris les Cyclopes, qui habitent les cavernes environnantes entre les pics battus des vents. Ceux-ci, entendant son cri, accourent de tous côtés, et, réunis autour de la caverne, ils demandent la cause de sa peine. “Quelle douleur t'accable, Polyphème, et pourquoi dans la nuit immortelle as-tu poussé ces cris, qui nous ont réveillés ? Est-ce qu'un mortel entraîne malgré toi tes troupeaux ? cherche-t-on à te tuer par ruse ou par violence ?” Du fond de sa caverne, Polyphème leur répond de sa voix puissante : “Qui me tue, amis ? C'est Personne, par ruse non par violence.” En réponse ils lui adressent ces paroles ailées : “Personne ne te fait violence et tu es seul ; c'est sans doute une maladie que t'envoie le grand Zeus ; nous n'y pouvons rien ; invoque donc notre père, le puissant Poséidon !”

« Ainsi parlent-ils en s'en allant ; moi, je me mets à rire en mon cœur, en voyant comment mon nom de Personne et mon habile tour les ont abusés.

« Le Cyclope, gémissant et torturé de douleurs, a, en étendant les mains à tâtons, retiré la pierre de la porte ; il s'assoit en travers de la porte, les deux bras tendus pour essayer d'attraper celui qui tenterait de sortir avec les brebis. Il me croit niais à ce point ! Mais moi, je cherche le plus sûr moyen de nous arracher, mes compagnons et moi-même, à la

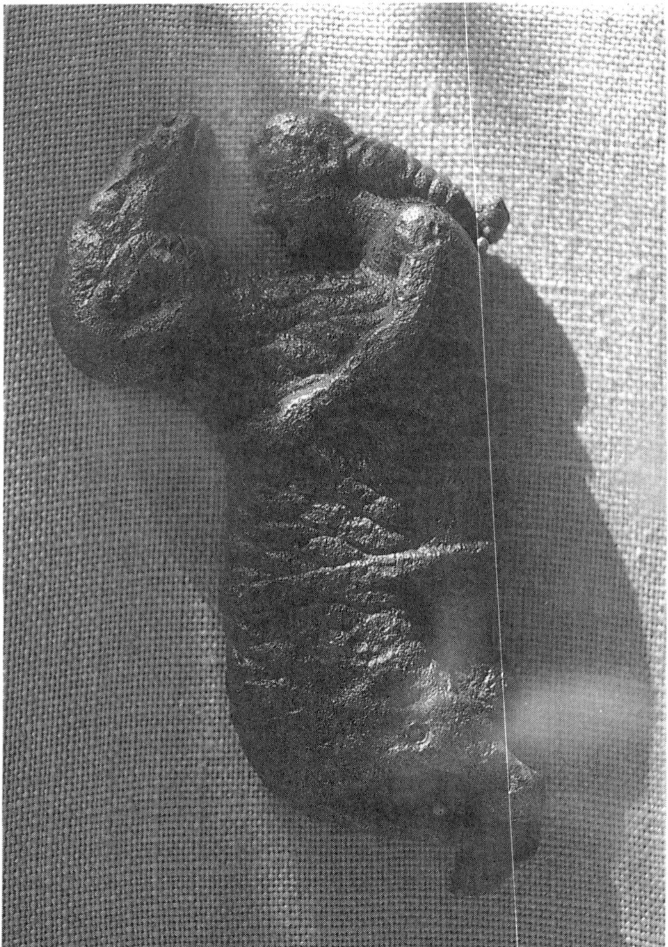

mort ; j'échafaude ruses et calculs ; c'est une question de vie et de mort.

« Voici le plan qui me paraît le plus sûr. Ses béliers sont bien nourris, ils ont une épaisse toison ; ils sont beaux et grands. Sans bruit, je les assemble et les attache trois par trois avec des osiers bien tressés sur lesquels dort le Cyclope, ce monstre ignorant de toute loi. Le bélier du milieu porte son homme, les deux autres, marchant à ses côtés, cachent mes gens. Trois béliers font passer un homme. Pour moi, il y a un bélier beaucoup plus grand ; je le prends par les reins et, blotti sous son ventre velu, je m'y suspends et, les mains enroulées à sa merveilleuse toison, je m'y accroche obstinément, sans que mon cœur faiblisse.

« Nous attendons en gémissant la brillante Aurore. Dès que, née au matin, paraît Aurore aux doigts de rose, le monstre fait sortir ses béliers pour les mener paître ; les femelles, qu'il n'avait pas traites, bêlent dans les parcs ; leurs pis sont trop pleins. Leur maître, accablé par ses violentes douleurs, tâte l'échine de toutes ses bêtes, qui se tiennent bien droites. L'insensé ne s'aperçoit pas de notre ruse, il ne voit pas ceux qui se sont attachés sous les toisons des moutons. Le dernier à sortir, mon bélier s'avance, alourdi par sa laine et par moi, l'homme astucieux. Le fort Polyphème le tâte et lui dit : “Doux bélier, pourquoi sortir ainsi de la caverne, le dernier du troupeau ? D'habitude, tu ne restes pas ainsi en arrière des autres ? Toujours le premier pour aller à grands pas brouter les tendres fleurs des prés ; le premier pour arriver à l'eau des rivières ; le premier pour rentrer à l'étable, le soir ; aujourd'hui, te voilà le dernier de tous ! Regrettes-tu l'œil de ton maître, cet œil qu'un scélérat a crevé, avec ses maudits compagnons, après avoir noyé mes esprits dans le vin, ce Personne qui n'a pas encore, je t'assure, échappé à la mort. Que n'as-tu mes sentiments et la parole, pour me dire où il fuit ma fureur ! Je lui éparpillerais la cervelle partout dans ma caverne, en lui frappant la tête sur le sol, et mon cœur trouverait un soulagement aux maux que m'apporte ce vaurien de Personne."

« Ce disant, il pousse devant lui le bélier au-dehors. Dès qu'on est un peu loin de la caverne et de la cour, le premier je me détache de mon bélier, puis je détache mes compagnons. Sans tarder nous poussons devant nous les moutons aux jambes minces, que leur graisse alourdit, jusqu'au vaisseau, par de longs détours. Quelle joie pour nos compagnons de revoir ceux qui ont échappé à la mort, quels cris et quels pleurs sur ceux qui ne sont plus ! Mais je défends, par un froncement de sourcil, que l'on pleure ; j'ordonne que l'on jette vite à bord nombre de moutons à la belle toison et que l'on vogue sur l'eau salée. Mes hommes embarquent aussitôt et s'assoient sur les bancs. Assis à leur rang, ils frappent de leurs rames la mer qui blanchit d'écume.

« Quand je suis encore assez près pour faire entendre ma voix, j'adresse au Cyclope ces propos railleurs : "Non, il n'est pas sans vaillance l'homme dont tu devais, au creux de ta caverne, dévorer les compagnons, avec ta sauvage violence ! Ta méchanceté devait recevoir son salaire ; cruel, tu n'as pas craint de manger des hôtes en ta maison. Aussi Zeus et les autres dieux se sont-il vengés !"

« Ainsi parlé-je ; sa colère en est accrue ; il arrache le faîte d'une grande montagne et nous le jette ; le roc ne tombe qu'à une faible distance du vaisseau à la proue sombre, et peu s'en faut qu'il n'atteigne le sommet de l'étambot [1]. Sa chute produit un remous dans la mer ; le flot reflue jusqu'au rivage, flux parti du large, qui nous jette presque à la côte. Mais je saisis à deux mains une très longue gaffe, j'en écarte notre vaisseau, puis, excitant mes gens, je leur ordonne de se jeter sur les rames, si nous voulons éviter un malheur ; c'est moi qui leur marque la cadence de la tête. Eux, rament, penchés en avant. Lorsque nous sommes en mer deux fois plus loin, je hèle le Cyclope ; autour de moi, on cherche à me retenir par d'apaisantes paroles : "Malheureux ! pourquoi veux-tu

1. *Étambot* : pièce qui continue la quille à l'arrière du navire et porte le gouvernail.

exaspérer ce sauvage ? En jetant ce projectile dans la mer, il vient de ramener notre vaisseau à la côte, et nous avons cru périr. S'il entendait l'un de nous élever la voix et parler, il aurait tôt fait de briser nos têtes et les poutres de notre nef, d'un bloc anguleux ; il peut encore nous atteindre. " Ainsi parlent-ils ; mais ils ne fléchissent pas l'audace de mon cœur. À nouveau je lui crie, cédant à la colère qui m'anime :" Cyclope, si jamais homme mortel te demande à qui tu dois le malheur d'avoir l'œil crevé, dis-lui que c'est à Ulysse, le pilleur de villes, le fils de Laërte, qui a sa demeure en Ithaque."

Ainsi parlé-je ; et lui me répond avec un gémissement : "Ah ! malheur ! Voilà donc accomplis pour moi les anciens oracles ! Il y avait ici un devin, noble et grand, Télémos, fils d'Eurymos ; il excellait à prédire et il rendit jusqu'à sa vieillesse des oracles aux Cyclopes. Il m'avait annoncé que tout ce qui m'arrive s'accomplirait un jour, que je serai privé de la vue par les mains d'Ulysse. Mais j'attendais toujours la venue d'un être grand et beau, revêtu d'une force puissante ; et c'est un nabot, un vaurien, un freluquet, qui m'a crevé l'œil après m'avoir dompté par le vin. Mais viens ici, Ulysse, que je t'offre tes présents d'hospitalité, que je presse l'illustre Ébranleur de la terre de te remettre sur la route ! Car je suis son fils ; il s'honore d'être mon père. Lui seul, s'il le veut bien, me guérira, aucun autre ne le pourra, ni parmi les dieux bienheureux ni parmi les hommes mortels.”

« Ainsi parle-t-il, et moi, je lui répondis : “Puissé-je t’ôter et le souffle et la vie et t’envoyer dans la demeure d’Hadès ! En vérité, ton œil ne sera pas guéri, même par l’Ébranleur de la terre.”

« Ainsi parlé-je, et aussitôt il prie le puissant Poséidon, élevant les mains vers le ciel plein d’étoiles : “Exauce-moi, Poséidon, qui portes la terre, dieu à la chevelure sombre. Si je suis vraiment ton fils et si tu prétends être mon père, accorde-moi que jamais il ne revienne en sa maison, cet Ulysse, pilleur de villes, fils de Laërte, qui a sa demeure en Ithaque ; si du moins sa destinée est de revoir les siens et de rentrer dans sa maison au toit élevé, dans la terre de ses pères, que ce soit au bout d’un long temps, sur un vaisseau étranger, après avoir subi maintes épreuves et perdu tous ses compagnons, et qu’il trouve le malheur chez lui.” Telle est sa prière, et le dieu à la chevelure sombre l’entend.

« Le Cyclope soulève de nouveau une pierre beaucoup plus grosse, et, après l’avoir fait tournoyer, il la lance, en y mettant une force extraordinaire. Elle ne tombe qu’à une faible distance de l’arrière du vaisseau à la proue sombre, et peu s’en faut qu’elle n’atteigne le support du gouvernail. La chute de la pierre produit un remous dans la mer ;

le flot revient en avant et nous jette presque à la côte.

« Nous arrivons à l'île où se trouve le gros de notre flotte. Autour des vaisseaux, nos compagnons sont assis en pleurs, toujours à nous attendre. On échoue la nef sur le sable et on débarque sur la grève. Ayant pris au fond de la cale les moutons du Cyclope, nous en faisons le partage, afin que nul ne puisse faire le reproche de s'en aller frustré de la part qui lui revient. Mes compagnons aux bonnes jambières me donnent le bélier, et c'est la part de beaucoup la plus belle. Sur la grève, je le sacrifie au dieu des sombres nuées, Zeus, fils de Cronos, qui commande à tous les êtres, et j'en brûle les cuisses. Mais il dédaigne l'offrande ; il cherche comment faire périr tous les vaisseaux aux solides bordages avec mes fidèles compagnons. Tout au long du jour jusqu'au coucher du soleil nous restons assis à festoyer, mangeant force viandes et buvant le vin pur doux comme le miel. Quand le soleil disparaît et que surviennent les ténèbres, on se couche sur la grève.

« Dès que, née au matin, paraît Aurore aux doigts de rose, je fais lever mes gens, je leur ordonne de s'embarquer et de détacher les amarres de la poupe. Ils s'embarquent aussitôt et vont s'asseoir à leurs bancs ; puis, assis en bon ordre, ils frappent de leurs rames la mer qui blanchit d'écume.

« Nous voguons de l'avant, contents certes

d'avoir échappé à la mort, mais le cœur serré par la perte de nos compagnons. »

(Chant X)

L'ILE D'ÉOLE

« Nous arrivons à l'île d'Éole [1], où vit le fils d'Hippotès, Éole, cher aux dieux immortels. C'est une île flottante ; un mur de bronze indestructible en fait le tour ; un rocher lisse s'y dresse. Éole a douze enfants nés en son manoir, six filles et six fils à l'âge d'hommes ; il a donné ses filles pour épouses à ses fils. Toujours auprès de leur père chéri et de leur vénérable mère, ils festoient, et leurs tables sont chargées de mets exquis. Le fumet des graisses emplit la demeure et, pendant la journée, elle résonne de leurs éclats de voix ; la nuit, tous dorment auprès de leurs chastes épouses sur les tapis de leurs lits ajourés.

« Nous voici donc venus dans leur cité et leur beau palais. Un mois entier, Éole me choie ; il m'interroge sur tout, sur Ilion et les nefs des Argiens et le retour des Achéens ; et moi, je lui fais un récit détaillé. Quand je lui demande de partir et le prie de me renvoyer

1. *Ile d'Éole* : peut-être s'agit-il des îles Éoliennes, au nord de la Sicile. C'est là que se trouve le Stromboli, qui crache des pierres ponces largement aux alentours et dont le sommet se couvre de nuages quand la tempête se prépare.

dans ma patrie, il ne refuse point et prépare mon retour. Il me donne une outre faite du cuir d'un bœuf de neuf ans, qu'il a écorché ; il y a enchaîné les vents mugissants ; en effet le fils de Cronos lui en a confié la garde et lui permet d'apaiser ou d'exciter celui qu'il veut. Dans la cale de ma nef il attache le sac avec un câble d'argent, afin qu'aucun vent contraire ne puisse souffler, si peu que ce soit. En ma faveur, il fait souffler le Zéphyr, pour nous porter avec nos nefs. Pourtant ce projet ne doit pas s'accomplir ; car nos propres folies vont nous perdre.

« Durant neuf jours et neuf nuits, nous voguons sans arrêt. Le dixième, les terres de nos pères sont déjà en vue ; nous apercevons les feux des bergers, tant nous sommes proches. Mais je suis épuisé de fatigue et le doux sommeil me saisit ; depuis le départ en effet, je n'ai pas lâché la bouline, je ne l'ai laissée à aucun de mes gens, afin d'arriver plus vite à la terre de mes pères.

« Mes compagnons se mettent à discuter entre eux ; le fils d'Hippotès, le magnanime Éole, m'a, selon eux, offert de l'or et de l'argent que je rapporte. L'un d'eux, en regardant son voisin, dit : “Ah ! en voilà un qui est aimé et estimé, quelle que soit la ville ou la terre où il arrive ! De Troade, il rapporte pour lui un beau butin ; et nous, qui avons fait un aussi long chemin, nous revenons chez nous les mains vides. Voici encore que par amitié, Éole lui a donné ces cadeaux. Voyons donc vite ce qu'il y a là-dedans, combien l'outre contient d'or et d'argent." Ainsi parlent-ils, tous approuvent cet avis funeste. Ils ouvrent l'outre : tous les vents s'échappent. Aussitôt la tempête les saisit et les emporte en pleurs vers la haute mer, loin de la patrie. Moi je m'éveille et m'interroge en mon cœur sans reproche : "Que vais-je faire ? me jeter du vaisseau et périr dans la mer, ou bien souffrir en silence, et rester parmi les vivants ?" Je tiens bon et je reste là ; je me couvre et me couche dans la cale. Les nefs sont de nouveau emportées par la maudite tempête vers l'île d'Éole ; mes compagnons se lamentent.

« Nous y arrivons, nous débarquons et puisons de l'eau sans tarder ; mes gens prennent leur repas près des vaisseaux rapides. Quand nous avons mangé et bu, moi, je pars avec un héraut et un compagnon pour me rendre à l'illustre demeure d'Éole ; je le trouve en train de festoyer en compagnie de sa femme et de ses enfants. Nous entrons dans la demeure et nous nous asseyons sur le seuil, près des montants de la porte. Les convives s'étonnent en leur cœur et m'interrogent : "Ulysse, tu es revenu, mais comment ? Quelle divinité méchante s'est attaquée à toi ? Pourtant, nous t'avons fait partir, en faisant tout ce qu'il fallait, pour te permettre de regagner ta patrie, ta maison, tout ce qui t'est cher."

« Ainsi parlent-ils ; je prends la parole, le

cœur affligé : “Mes compagnons malavisés ont causé ma perte et, avec eux , le sommeil maudit. Mais vous, amis, aidez-moi, car vous en avez le pouvoir.”

« Ainsi parlé-je, cherchant à les gagner par de douces paroles. Mais ils restent muets ; leur père me fait cette réponse : “Quitte cette île, et plus vite que cela, rebut des vivants ! je n'ai pas le droit de secourir et de ramener chez lui l'homme que haïssent les dieux bienheureux. Va-t'en, puisque tu viens ici haï des Immortels !” Ayant ainsi parlé, il me chasse de sa maison malgré mes profonds gémissements.

AU PAYS DES LESTRYGONS

« Puis nous poursuivons notre navigation, désespérés. L'ardeur de mes hommes est brisée par la fatigue à force de ramer ; c'est bien notre faute ; nul secours n'apparaît plus. Six jours et six nuits, nous naviguons sans interruption ; le septième, nous arrivons au bourg élevé de Lamos, à Télépyle, dans le pays Lestrygon [1], où le berger qui rentre son troupeau salue un autre berger qui, faisant sortir le sien, répond à son salut. Dans ce pays, un homme qui se passerait de sommeil, gagnerait double salaire, l'un en faisant paître les bœufs, l'autre en menant les blancs mou-

1. *Lestrygon* : peut-être cet épisode se situe-t-il sur la côte de Sardaigne qui longe le détroit qui sépare la Corse de la Sardaigne.

tons, car la nuit, à peine venue, cède la place au jour [1].

« Nous arrivons dans le port fameux que flanque de chaque côté une falaise à pic et continue ; les deux à-pic se font face et s'avancent dans l'embouchure en ne laissant qu'une étroite entrée. Tous mes compagnons arrêtent leurs vaisseaux en forme de croissant. Les nefs sont amarrées à l'intérieur du port encaissé, les unes à côté des autres à l'intérieur de ce mouillage ; jamais les flots ne s'y enflent si peu que ce soit ; et tout autour, sur les flots, règne une paix sereine. Moi seul, je laisse à l'extérieur mon vaisseau noir, à l'extrémité du cap, après avoir attaché les câbles à une roche. Je grimpe et me tiens sur une hauteur rocheuse, d'où je ne vois ni labour ni plantation ; nous ne voyons qu'une fumée montant du sol.

« Alors, j'envoie des compagnons en reconnaissance pour savoir quels sont les mangeurs de pain qui habitent cette terre ; j'ai choisi deux hommes ; un troisième, un héraut les accompagne. Ils débarquent et suivent un chemin bien plat, par où les chariots transportent à la ville le bois des hautes montagnes ; ils rencontrent devant la ville une géante qui puisait de l'eau : c'est la fille du

1. *Jour* : la longueur des journées est telle que l'on peut faire paître successivement en 24 heures un troupeau de bœufs et un troupeau de moutons : il est ainsi possible de gagner double salaire.

Lestrygon Antiphatès. Elle est descendue à la fontaine de l'Ours, à la belle eau courante ; c'est là en effet que les habitants viennent chercher leur eau. S'approchant d'elle, mes gens lui adressent la parole et lui demandent qui est le roi de ce pays et sur quel peuple il règne. Elle, tout aussitôt, leur indique la haute toiture de la demeure paternelle. Quand ils sont entrés dans l'illustre demeure, ils trouvent l'épouse du roi, aussi haute que la cime d'une montagne ; sa vue les frappe d'effroi.

« Elle appelle rapidement de l'agora [1] le glorieux Antiphatès, son époux, qui, tout aussitôt, réserve à mes gens une mort douloureuse. Sur-le-champ il en saisit un et en fait son repas. Les deux autres s'élancent pour s'enfuir ; ils arrivent aux vaisseaux. Quant à lui, il jette le cri de guerre par la ville. En l'entendant, les vaillants Lestrygons accourent de partout, innombrables ; ils ne ressemblent pas à des hommes, mais à des géants. Du haut des falaises, ils lancent des rocs, suffisants pour faire la charge d'un homme. Un tumulte affreux monte du côté des nefs : cris de mourants mêlés au fracas des vaisseaux brisés. Harponnant les hommes comme des poissons, ils les emportent pour en faire leur ignoble repas.

1. *Agora* : place publique où se déroule l'essentiel de la vie sociale et politique de la cité.

« Pendant qu'ils tuent mes gens à l'intérieur du port encaissé, moi, je tire du long de ma cuisse, mon épée, et je coupe les câbles de mon vaisseau à la proue sombre. Sans tarder, j'encourage mes gens et leur ordonne de saisir les rames, pour échapper au malheur. Tous ensemble, par crainte de la mort, ils soulèvent l'écume. J'ai la joie de voir mon vaisseau s'échapper vers la haute mer loin des roches en surplomb ; tous les autres périssent en ce lieu.

L'ÎLE D'AIAIÉ, LE PAYS DE CIRCÉ

« De là nous poursuivons notre navigation, le cœur navré, heureux d'avoir échappé à la mort, mais ayant perdu nos compagnons. Nous arrivons à l'île d'Aiaié [1] ; là vivait Circé aux belles boucles, la terrible déesse à la voix humaine, sœur d'Aiétès aux cruelles pensées ; tous deux ont pour père Hélios, qui donne la lumière aux mortels, et pour mère Persé, fille d'Oceanos. Notre nef nous amène au rivage, en silence, dans un port hospitalier aux vaisseaux ; un dieu nous guide. Ayant débarqué, nous restons couchés deux jours et deux nuits, recrus de fatigue et nous rongeant le cœur de chagrin.

« Mais quand Aurore aux belles boucles a

1. *Aiaié* : peut-être une île à mi-chemin entre Naples et l'embouchure du Tibre ; on l'identifie avec le Monte Circeo.

fait naître le troisième jour, je prends ma javeline et mon épée pointue, je quitte rapidement mon navire pour gagner un observatoire : verrai-je des plantations, entendrai-je une voix ? Du sommet rocheux où je suis monté, j'aperçois une fumée qui s'élève de la terre aux larges chemins, dans la demeure de Circé, au milieu d'une épaisse chênaie et d'un bois. Je me demande alors, dans mon esprit et mon cœur, si je dois aller me renseigner, après avoir vu cette fumée. À la réflexion, il me paraît préférable de retourner d'abord sur le rivage près de ma nef rapide, de faire manger mes gens, et de les envoyer ensuite en reconnaissance. Quand j'arrive près du vaisseau en forme de croissant, un dieu prend en pitié ma solitude, et met sur mon chemin un grand cerf à la haute ramure. Des pâturages de la forêt il descend au fleuve pour y boire, car l'ardeur du soleil se fait sentir. Au moment où il est à découvert, je le frappe en plein milieu du dos. Ma javeline de bronze le perce de part en part ; il tombe dans la poussière, en bramant, et son âme s'envole. Moi, je mets le pied sur lui et retire ma javeline de bronze de sa blessure. Je la pose et la laisse sur le sol. Puis, j'arrache des ramilles et des osiers, j'en fais une tresse double, longue d'une brasse, et avec elle j'attache les pieds de cet animal d'une taille prodigieuse ; puis, le portant sur mon cou, je vais vers mon noir vaisseau, en prenant appui sur ma javeline ; car je n'aurais pas pu le porter sur l'épaule, en le tenant d'une seule main : c'est vraiment une bête énorme.

« Je le jette devant la nef ; je réveille mes gens et, allant de l'un à l'autre, je réconforte chacun par de douces paroles : "Amis, malgré notre chagrin, nous ne descendrons pas encore, chez Hadès : le jour fatal n'est pas arrivé. Allons, tant qu'il y aura dans le vaisseau à manger et à boire, pensons à notre nourriture ; ne nous laissons pas mourir de faim." Ainsi parlé-je, et vite ils obéissent à mes paroles. Ils se découvrent ; sur le rivage de la mer stérile, ils admirent le cerf : c'est une bête énorme. Quand ils se sont réjouis à le contempler, ils lavent leurs mains, et préparent un festin copieux. Tout le jour, jusqu'au coucher du soleil, on reste assis à festoyer ; il y a en abondance viandes et bon vin. Quand le soir est tombé et les ténèbres venues, on s'étend pour dormir sur la grève.

« Quand, née au matin, paraît Aurore aux doigts de rose, je réunis mes gens et je dis devant tous : "Compagnons, malgré toutes vos épreuves, écoutez mes paroles ; amis, nous ignorons où sont le couchant et le levant, par où le soleil, qui éclaire les mortels, s'en va sous terre, et par où il revient ; hâtons-nous donc de délibérer : y aura-t-il un autre avis que le mien ? Je ne le crois pas. Je suis monté sur un sommet rocheux et j'ai vu l'île : autour d'elle, la mer infinie forme une couronne. Elle est plate. Au milieu j'ai, de mes yeux, vu une fumée dans une épaisse chênaie et un bois."

« Ainsi parlé-je ; leur cœur est brisé car ils pensent aux actes d'Antiphatès, et à la violence du fier Cyclope, mangeur d'hommes. Ils se mettent à pleurer bruyamment, versant de grosses larmes. Mais leurs gémissements ne mènent à rien.

« Je fais le compte de mes compagnons aux bonnes jambières et les répartis en deux groupes ; je désigne un chef pour chacun : pour l'un c'est moi, pour l'autre Eurylochos semblable à un dieu. Vite, nous agitons les sorts dans un casque de bronze ; il en sort celui du magnanime Eurylochos. Il se met en route ; ses vingt-deux compagnons pleurent. Ils nous laissent derrière eux ; nous pleurons aussi.

« Ils trouvent la maison de Circé, en pierres polies, dans un val, dans une clairière : il y a autour des loups montagnards et des lions, qui ne sont autres que les hommes qu'elle a ensorcelés, en leur donnant des drogues. Ils ne sautent pas sur les hommes, mais se tiennent autour d'eux, en les flattant de leurs longues queues. Les chiens entourent leur maître, qui revient du festin, et le flattent, car il leur rapporte toujours des douceurs ; ainsi les loups aux fortes griffes et les lions flattent mes gens. Eux sont saisis de crainte, à la vue de ces terribles monstres.

« Ils s'arrêtent dans le vestibule de la déesse aux belles boucles ; ils entendent Circé, qui à l'intérieur chante de sa belle voix ; elle tisse au métier une grande toile immortelle, travail léger, gracieux et brillant comme sont les ouvrages des déesses. Le premier qui parle est Politès, le meneur de guerriers, le plus sensé de mes compagnons et le plus cher à mon cœur : "Amis, il y a là-dedans quelqu'un qui tisse à un grand métier et fait entendre un beau chant, dont tout le sol résonne ; est-ce une déesse ou une femme ? Appelons, sans tarder." Il dit, et les autres d'appeler en criant. Elle sort aussitôt, ouvre la porte brillante, les invite à entrer. Tous suivent, dans leur inconscience. Mais Eurylochos n'entre pas ; il a pressenti la ruse.

« Elle les fait entrer et asseoir sur des chaises et des fauteuils ; puis elle bat du fromage, de la farine d'orge et du miel vert dans du vin de Pramnos ; dans leur coupe elle ajoute de funestes drogues, pour leur faire perdre tout souvenir de leur patrie. Elle leur donne le breuvage qu'ils boivent d'un trait. Alors elle les frappe de sa baguette magique et va les enfermer dans la porcherie. Des porcs, ils ont la tête, la voix, les soies, le corps ; mais leur esprit est resté le même qu'auparavant. Les voilà enfermés ; ils pleurent ; Circé leur jette à manger farine, glands, cornouilles, pâture ordinaire des cochons qui couchent sur le sol.

« Eurylochos revient vite au noir vaisseau rapide apporter des nouvelles de ses compagnons et de leur triste sort. Mais il ne peut prononcer aucune parole, malgré son désir, si grand est le chagrin qui étreint son cœur. Ses yeux sont remplis de larmes et son cœur ne sait que gémir. Pleins d'étonnement, nous l'interrogeons ; il nous raconte la perte de ses compagnons : "Nous sommes allés à travers la chênaie, comme tu l'avais ordonné, illustre Ulysse ; nous avons trouvé, au fond du val, une belle maison en pierres lisses, dans une clairière ; là, tissant à un grand métier, quelqu'un, déesse ou femme, chantait d'une voix harmonieuse : mes compagnons l'appelèrent en criant ; elle sortit aussitôt, ouvrit la porte brillante et nous pressa d'entrer. Tous alors, dans leur inconscience, la suivirent. Mais moi, je ne suis pas entré, j'ai pressenti une ruse. Toute la troupe a disparu : aucun d'eux n'est revenu. Je suis pourtant resté fort longtemps à guetter."

« Ainsi parle-t-il. Moi, je jette sur mes épaules ma grande épée de bronze aux clous d'argent, avec mon arc. Et je l'engage à refaire le même chemin pour me guider. Mais lui, me prenant les genoux de ses deux bras, m'implore et, gémissant, m'adresse ces paroles ailées : "Ne m'emmène pas malgré moi, nourrisson de Zeus ; laisse-moi ici. Je suis sûr que tu ne reviendras pas et ne ramèneras aucun de tes compagnons. Hâtons-

nous plutôt de fuir avec ceux qui sont ici ; peut-être pourrons-nous encore éviter la mort.” Ainsi parle-t-il, et moi je lui réplique : “Eurylochos, reste donc ici à manger et boire, près du noir vaisseau creux ; mais moi, j'irai ; c'est pour moi un devoir impérieux.”

« Ayant ainsi parlé, je m'éloigne du vaisseau et de la mer. En traversant les vallons sacrés, je suis sur le point d'atteindre la grande demeure de Circé aux mille drogues, quand, sur le chemin de la maison, Hermès à la baguette d'or vient à ma rencontre, sous les traits d'un jeune homme, qui a sa première barbe et la grâce charmante de cet âge. Il me touche la main, prend la parole et s'exprime ainsi : “Où vas-tu donc, malheureux, seul, à travers ces collines que tu ne connais pas ? Tes compagnons, qui sont allés chez Circé, sont maintenant métamorphosés en porcs et enfermés dans une porcherie bien close ; vas-tu les délivrer ? Je te prédis que tu ne reviendras pas ; tu resteras comme les autres. Mais, je vais te tirer du danger et te sauver. Tiens, prends, avant d'aller dans la demeure de Circé, cette herbe bénéfique, qui éloignera de ta tête le jour funeste. Je vais te dire tous les noirs desseins de Circé. Elle te préparera une mixture ; elle jettera une drogue dans ta coupe, mais, même ainsi, elle ne pourra t'ensorceler ; car l'herbe bénéfique, que je vais te donner, l'empêchera d'agir. Voici tout ce que tu vas faire : quand Circé te touchera de sa grande baguette, tire du long de ta cuisse ton épée aiguë, et précipite-toi sur elle, comme si tu voulais la tuer. Tremblante, elle te pressera de partager son lit ; ce n'est plus le moment de refuser, si tu veux qu'elle délivre tes compagnons et assure ton retour ; mais fais-lui prêter le serment solennel des bienheureux, qu'elle ne méditera contre toi aucun mauvais dessein, qu'elle ne profitera pas de ta nudité pour te priver de ta force et de ta virilité."

« Ayant ainsi parlé, l'Argiphonte [1] me donne l'herbe qu'il a arrachée du sol et m'en explique la vertu. Sa racine est noire, sa fleur blanche comme le lait. Les dieux l'appellent *moly* ; elle est difficile à arracher pour les hommes ; mais les dieux peuvent tout. Hermès s'en va ensuite vers l'Olympe, à travers l'île boisée ; moi, je me dirige vers la demeure de Circé. Tout en marchant, j'agite mille pensées en mon cœur.

« Je m'arrête sous le porche de la déesse aux belles boucles. Debout, j'appelle en criant, la déesse entend ma voix. Elle sort aussitôt, ouvre la porte brillante et m'invite. Le cœur plein de chagrin, je la suis. Elle me fait entrer et m'invite à m'asseoir sur un fauteuil aux clous d'argent, beau et bien

1. *Argiphonte* : épithète de sens obscur qui peut signifier ou bien *meurtrier d'Argos*, ou bien *messager rapide et clair*.

incrusté ; sous mes pieds il y a un tabouret. Elle me prépare un mélange dans une coupe d'or, y jette une drogue, méditant en elle-même mon malheur. Elle me la donne, je la vide d'un trait, sans en ressentir l'effet ; elle me frappe alors de sa baguette, et, prenant la parole, elle me dit : “Viens maintenant à la porcherie rejoindre tes compagnons.”

« Ainsi parle-t-elle ; moi, je tire du long de ma cuisse mon épée aiguë et m'élance sur Circé, comme si je voulais la tuer. Elle pousse un grand cri, se jette à mes genoux, les prend, et, gémissante, m'adresse ces paroles ailées : “Qui es-tu ? De quel pays viens-tu ? Où sont ta cité, tes parents ? L'étonnement me saisit ; car cette drogue, que tu as bue, ne t'a pas ensorcelé ; et jamais je n'ai vu d'homme résister à cette drogue, dès qu'elle a franchi la barrière de ses dents. Tu as un esprit rebelle aux sortilèges. Tu es donc Ulysse aux mille tours ; l'Argiphonte à la baguette d'or m'avait prédit qu'il viendrait au cours du voyage qui le ramènerait de Troie sur son rapide vaisseau noir. Allons ! Remets ton épée au fourreau, et allons dans mon lit, afin de nous unir d'amour et d'avoir désormais une mutuelle confiance.”

« Ainsi parle-t-elle ; moi, je lui réplique : “Circé, comment peux-tu m'engager à être aimable pour toi ; dans ta demeure, tu as fait de mes compagnons des porcs, et tu médites un dessein perfide. Tu m'invites à entrer dans ta chambre, à monter dans ton lit pour m'ôter ma force et ma virilité une fois que je serai nu ; mais moi, je ne consentirai à monter dans ton lit que si tu acceptes, déesse, de t'engager par un serment solennel à ne point me tendre un nouveau piège." Je dis ; aussitôt elle jure, comme je le lui demande. Quand elle a achevé de prêter serment, je monte sur le lit splendide de Circé.

« Les servantes, cependant, travaillent dans la demeure. Elles sont quatre qui font le service : elles sont nées des sources, des bois, des fleuves sacrés qui s'en vont à la mer. L'une a étendu un tissu de lin sur les fauteuils et jette par-dessus de belles étoffes de pourpre. L'autre, devant les fauteuils, déploie des tables d'argent et place dessus des corbeilles d'or. La troisième mêle dans un cratère d'argent du bon vin au fumet de miel et dispose des coupes d'or. La quatrième apporte l'eau et attise le feu sous un grand trépied, et l'eau commence à chauffer. Puis, quand l'eau a bouilli dans le bronze luisant, elle me fait asseoir dans la baignoire, et après avoir doucement attiédi l'eau du grand trépied, elle m'en arrose la tête et les épaules, pour chasser de mon corps la fatigue qui ronge le cœur. Et puis, m'ayant lavé et frotté d'huile fluide, elle me revêt d'un beau manteau par-dessus une tunique, et me conduit dans la grand'salle, où elle me fait asseoir sur un beau fauteuil à clous d'argent, bien ciselé ; sous mes pieds il y a un tabouret. Une suivante apporte et verse d'une belle aiguière d'or de l'eau pour les mains au-dessus d'un plat d'argent ; puis elle déploie devant moi une table polie. Une intendante vénérable apporte et sert le pain, y ajoute bien d'autres mets, m'offrant ses réserves. Elle m'invite à manger ; mais cela ne plaît pas à mon cœur ; je suis assis, pensant à autre chose, n'ayant en tête que sinistres pensées.

« Quand Circé me voit ainsi immobile, sans tendre les mains vers le pain, et en proie à une violente douleur, elle vient près de moi et m'adresse ces paroles ailées : "Pourquoi, Ulysse rester assis, comme un muet, à te ronger le cœur, sans toucher mets ni boisson ? Crains-tu quelque nouveau sortilège ? Tu dois avoir entière confiance. Car je me suis engagée envers toi par un serment solennel." Ainsi parle-t-elle ; moi, je lui réponds : "Circé, quel homme pourvu de sens oserait toucher aux mets, à la boisson, avant d'avoir délivré ses compagnons et de les voir de ses yeux ? Si c'est de bon cœur que tu m'invites à boire et manger, délivre mes fidèles compagnons, que je les voie de mes yeux !"

« Ainsi parlé-je ; Circé, sa baguette à la main, traverse la grand-salle pour aller dehors ; elle ouvre les portes de la porcherie ; elle en fait sortir mes compagnons : sous leur graisse ils sont pareils à des porcs de neuf ans. Quand ils sont debout, face à elle, elle passe dans leurs rangs et frotte chacun d'une nouvelle drogue. Je vois tomber de leurs membres les soies qui les avaient couverts dès qu'ils avaient absorbé la première drogue funeste offerte par la puissante Circé. Ils redeviennent des hommes, plus jeunes qu'auparavant, beaucoup plus beaux et plus grands d'aspect. Ils me reconnaissent, chacun me serre les mains. Tous ont envie de sangloter : c'est, dans la maison, un tapage terrible. La déesse même en a pitié. S'approchant de moi, elle me dit, la déesse illustre : "Nourrisson de Zeus, fils de Laërte, Ulysse aux mille tours, va maintenant vers ton vaisseau rapide sur le rivage de la mer ; tirez le vaisseau à sec ; mettez vos biens et tous les agrès dans des grottes ; reviens et amène tes fidèles compagnons."

« Ainsi parle-t-elle, et mon cœur lui obéit. Je m'en vais vers le vaisseau rapide et le rivage de la mer. Et je trouve près de la nef rapide mes fidèles compagnons, gémissant pitoyablement et versant des larmes abondantes. Comme on voit, dans un parc, de jeunes veaux qui entourent le troupeau des vaches revenant à l'étable après s'être gavées d'herbe, qui bondissent tous à leur rencontre, que les clôtures ne retiennent plus et qui, avec des meuglements pressés, courent autour des mères, tels se comportent mes compagnons, quand ils me voient devant leurs yeux ; ils se répandent autour de moi en pleurant ; ils sentent en leur cœur la même émotion que s'ils arrivaient dans leur patrie, dans la cité même de la rude Ithaque, où ils ont été nourris, où ils sont nés. Avec des gémissements, ils m'adressent ces paroles ailées : "Ton retour, nourrisson de Zeus, nous cause autant de joie que si nous arrivions en Ithaque, notre patrie. Mais contenous comment sont morts nos autres compagnons."

« Ainsi parlent-ils ; moi, je leur adresse de douces paroles : "Tirons tout d'abord la nef sur le rivage, mettons nos biens et tous les agrès dans les grottes, et hâtez-vous tous de me suivre, pour voir, dans la demeure sacrée de Circé, nos compagnons buvant et mangeant ; ils ont tout à foison."

« Ainsi parlé-je ; ils obéissent vite à mes paroles ; seul, Eurylochos cherche à les retenir tous et leur adresse ces paroles ailées : "Malheureux, où voulez-vous aller ? Pourquoi désirez-vous vivre cette malheureuse aventure ? Pourquoi descendre à la demeure de Circé, qui vous changera tous en porcs ou en loups ou en lions, pour que vous gardiez sa grande maison, et cela malgré vous ; elle vous traitera comme l'a fait le Cyclope, lorsqu'en sa bergerie vinrent nos compagnons, suivis de l'entreprenant Ulysse dont la folie les a perdus."

« Ainsi parle-t-il, et moi, j'hésite : est-ce

que je vais tirer ma grande épée du long de ma cuisse musclée, lui en frapper la tête et l'envoyer à terre, malgré notre très proche parenté ? Mais mes compagnons me retiennent, conjuguant leurs efforts, par d'apaisantes paroles : “Nourrisson de Zeus, qu'il reste ici, si tu le veux bien, près du vaisseau pour le garder. Mais, nous, conduis-nous à la demeure sacrée de Circé.”

« Ayant ainsi parlé, ils quittent le vaisseau et s'éloignent de la mer ; Eurylochos lui-même ne reste pas près du vaisseau ponté ; il nous suit : mes propos furieux l'ont rempli de crainte.

« Cependant, en son logis, Circé traite mes autres compagnons avec sollicitude ; elle les a fait baigner et frotter d'huile fluide, et vêtir de manteaux de laine, par-dessus des tuniques. Nous les trouvons tous festoyant dans la grand-salle. Quand ils se voient et se retrouvent face à face, ils gémissent et pleurent ; la demeure est pleine de leurs lamentations. S'étant approchée de moi, l'illustre déesse me dit : “Nourrisson de Zeus, fils de Laërte, Ulysse aux mille tours, toi et tes compagnons, cessez maintenant de pousser tant de gémissements ; je sais, moi aussi, tous les maux que vous avez soufferts sur la mer poissonneuse, et toutes les pertes que vous causent des hommes cruels sur la terre ferme. Mais, allons, mangez, buvez du vin, jusqu'à ce que vous ayez retrouvé le courage qui vous a fait autrefois quitter votre patrie, la rocheuse Ithaque. Vous êtes aujourd'hui sans vigueur, sans ressort, incapables d'oublier les difficultés rencontrées sur la mer et jamais votre cœur n'est en joie, tant vous avez souffert."

« Ainsi parle-t-elle ; notre cœur est réconforté. Tous les jours pendant une année entière, nous restons à banqueter ; nous avons force viandes et bon vin. Mais, quand l'année s'achève, que, les mois s'étant succédé, les saisons ont fini leur cours, que les longs jours sont revenus, mes fidèles compagnons, me prenant à part, me disent : "Malheureux, il est temps maintenant de penser à ta patrie, s'il est dans ton destin de revenir sain et sauf sous le toit élevé de ta maison et dans la terre de tes pères."

« Ainsi disent-ils ; mon cœur est persuadé.

« Toute la journée, jusqu'au coucher du soleil, nous restons à banqueter : nous avons des viandes en quantité et du vin doux comme le miel. Le soleil se couche et les ténèbres viennent ; eux s'endorment dans la demeure pleine d'ombre ; moi, montant sur le lit splendide de Circé, je l'implore, embrassant ses genoux ; la déesse entend mes paroles ; ayant élevé la voix, je lui adresse ces paroles ailées : "Circé, tiens ta promesse : laisse-moi retourner en ma maison ; mon âme maintenant le souhaite, et mes compagnons le souhaitent aussi : ils brisent mon courage à m'assiéger de leurs plaintes, chaque fois que tu es à l'écart."

« Ainsi parlé-je ; l'illustre déesse me répondit aussitôt : "Nourrisson de Zeus, fils de Laërte, Ulysse aux mille tours, toi et tes compagnons, ne restez plus contre votre gré dans mon logis. Mais il vous faut d'abord accomplir un autre voyage et parvenir aux demeures d'Hadès et de la terrible Perséphone, pour interroger l'âme du Thébain Tirésias, le devin aveugle, dont l'esprit demeure toujours le même. Il est le seul qu'après la mort Perséphone ait doué de la clairvoyance ; les autres sont des ombres qui volent." Ainsi parle-t-elle ; mon souffle en est brisé. Je reste sur le lit à pleurer, découragé ; je ne veux plus vivre ni voir la lumière du soleil. Mais quand à force de me lamenter, de me rouler sur le lit, j'en ai enfin assez de pleurer, je lui réponds en ces termes : "Circé, qui me guidera dans ce voyage ? jamais personne n'est encore arrivé chez Hadès sur un vaisseau noir."

« Ainsi parlé-je ; l'illustre déesse me répondit aussitôt : "Nourrisson de Zeus, fils de Laërte, Ulysse aux mille tours, que le désir d'avoir un pilote sur ton vaisseau ne te préoccupe pas ; dresse le mât, déploie les blanches voiles et reste à ton banc ; le souffle du Borée portera ta nef ; ton vaisseau arrivera au bout de l'océan, tu y trouveras un rivage plat et les bois sacrés de Perséphone : hauts peupliers noirs et saules qui perdent leurs feuilles. Échoue alors ta nef, près de l'Océan aux profonds remous ; entre dans l'humide demeure d'Hadès. C'est la région où se jettent dans l'Achéron le Pyriphlégéthon et le Cocyte, dont les eaux viennent du Styx. Il y a une roche, d'où tombent avec fracas les deux fleuves après leur confluent. Approche-toi de ce lieu, héros, et suis bien mes instructions ; creuse une fosse d'une coudée de large et d'une coudée de long, verses-y une libation pour tous les morts, d'abord du lait mêlé à du miel, ensuite du vin, en troisième lieu de l'eau ; puis répands la blanche farine d'orge. Invoque instamment les têtes vaines des morts ; promets-leur de leur sacrifier dans ta grand'salle, à ton retour en Ithaque, une génisse stérile, la plus belle de ton troupeau, et de remplir le bûcher de riches offrandes. Au seul Tirésias, promets d'immoler un bélier tout noir, la plus belle bête de votre troupeau. Puis, quand tu auras invoqué dans tes vœux les morts, offre à ce peuple illustre un agneau et une brebis noire, tourne leur tête vers l'Érèbe[1] ; mais toi, détourne les yeux en te dirigeant vers le cours du fleuve. Alors viendront en foule les âmes des défunts. Ensuite, recommande et ordonne à tes compagnons d'écorcher et de

1. *Érèbe* : région souterraine où habitent les morts.

rôtir le bétail égorgé par l'impitoyable bronze ; qu'ils en fassent hommage aux dieux, au puissant Hadès et à la terrible Perséphone. Quant à toi, tire du long de ta cuisse ton épée aiguë, reste là pour empêcher les têtes vaines des morts d'approcher du sang, tant que tu n'auras pas interrogé Tirésias. Il arrivera aussitôt, le devin chef des peuples ; il te dira ta route, la longueur du chemin, et comment tu reviendras sur la mer poissonneuse."

« Ainsi parle-t-elle ; aussitôt arrive Aurore au trône d'or. La nymphe me vêt d'un manteau et d'une tunique. Quant à elle, elle s'enveloppe d'un long voile éclatant de blancheur, fin et gracieux, se passe autour des hanches une belle ceinture d'or et se met sur la tête un voile tombant. Moi, je vais par la maison éveillant mes compagnons avec de douces paroles, en me plaçant près de chacun : "Ne dormez pas davangage ! Ne goûtez plus la douceur du sommeil ; en route ! C'est le conseil de l'auguste Circé." Ainsi parlé-je ; leur cœur m'obéit.

« Mais avant leur départ, mes compagnons doivent encore éprouver du chagrin. Elpénor est un tout jeune homme. Il n'est pas vaillant dans la bataille et n'a pas l'esprit bien solide. Loin de ses compagnons, dans la demeure sacrée de Circé, il a cherché la fraîcheur, et s'est couché, alourdi par le vin. Entendant ses compagnons s'agiter, parler et marcher, il se lève en sursaut et oublie où il est. En reculant pour descendre vers le grand escalier, il tombe du toit la tête la première, se brise les vertèbres du cou ; son âme descend chez Hadès.

« À mes compagnons sur le départ j'adresse ces paroles : "C'est au logis dans notre terre paternelle que vous croyez retourner. Mais Circé nous a fixé un autre chemin : nous allons vers les demeures d'Hadès et de la terrible Perséphone, pour consulter l'âme du Thébain Tirésias." Ainsi parlé-je ; leur cœur est brisé. Ils restent là, gémissant et s'arrachant les cheveux. Mais leurs lamentations ne servent à rien.

« Nous allons vers le vaisseau rapide et le rivage de la mer, navrés et versant des larmes abondantes ; Circé est déjà arrivée près du vaisseau noir et y a attaché un voile et une brebis noire. Elle nous a aisément dépassés. Qui pourrait de ses yeux voir un dieu aller et venir, si celui-ci ne le veut pas ?

(Chant XI)

CHEZ HADÈS : AU ROYAUME DES MORTS

« Nous voici arrivés à la mer ; nous commençons par tirer le noir vaisseau dans la mer brillante ; nous y dressons mât et voilure ; nous prenons les bêtes que nous embarquons ; nous-mêmes, nous montons à bord, affligés et versant des larmes abondantes. Alors, pour nous accompagner, Circé aux belles boucles, la terrible déesse à la voix humaine fait souffler un vent favorable qui gonfle nos voiles et pousse notre vaisseau à la proue sombre. Quant à nous, après avoir disposé les agrès sur le vaisseau, nous restons sans rien faire : le vent et le pilote nous mènent droit au but. Tout le jour le vaisseau court sur la mer, voiles gonflées ; puis le soleil se couche et tous les chemins deviennent sombres.

« Le vaisseau arrive aux confins de l'Océan [1] dont les fonds sont parcourus de courants. C'est là que se trouvent le pays et la ville des Cimmériens [2] ; ils vivent couverts de brumes et de nuées ; pendant que le soleil brille, jamais il ne les éclaire de ses rayons, ni quand il monte dans le ciel constellé, ni quand il retourne du ciel vers la terre ; une nuit maudite pèse sur ces misérables mortels.

« Une fois en ce lieu, nous échouons le vaisseau, nous débarquons les bêtes et, suivant le cours de l'Océan, nous gagnons l'endroit que m'avait indiqué Circé.

« Là pendant que Périmède et Eurylochos maintiennent les victimes, je tire du long de

1. *Océan* : fleuve qui fait le tour de la terre.

2. *Cimmériens* : peuple qui habitait le littoral septentrional du Pont Euxin. Ils passaient pour être un peuple du nord, donc de la nuit. Mais Ulysse reste dans le golfe de Naples et se rend au lac Arverne, considéré comme une des entrées des Enfers.

ma cuisse mon coutelas aigu, je creuse une fosse d'une coudée de long et d'une coudée de large ; tout autour je verse des libations pour tous les morts : une première de lait mêlé de miel ; une seconde de vin doux ; une troisième d'eau pure ; par-dessus, je répands la blanche farine d'orge. J'adresse une ardente prière aux morts, têtes sans force ; je leur promets de leur sacrifier en ma demeure, dès mon retour en Ithaque, une génisse stérile, la plus belle, et de remplir d'offrandes le bûcher. Je promets au seul Tirésias de lui immoler un bouc tout noir, le plus fort du troupeau. Quand j'ai imploré et supplié ce peuple de morts, je saisis les bêtes et leur coupe la gorge au-dessus de la fosse où le sang noir coule.

« Les ombres des morts arrivent du fond de l'Èrèbe : jeunes épousées, jeunes hommes, vieillards éprouvés par la vie, tendres vierges dont le cœur novice n'a pas connu la douleur, guerriers blessés par les pointes de bronze des javelines, victimes d'Arès ; ils portent leurs armes ensanglantées ! Ils viennent en foule de toutes parts autour de la fosse, élevant une prodigieuse clameur ; je blêmis de crainte. Alors, je presse mes compagnons d'écorcher les bêtes, qui gisent égorgées par le bronze impitoyable, de les rôtir, et de prier les dieux, le puissant Hadès, l'effroyable Perséphone. Moi, ayant tiré du long de ma cuisse mon épée aiguë, je reste là et j'empêche les morts, têtes sans force, d'approcher du sang, tant que je n'ai pas interrogé Tirésias.

« La première ombre qui vient est celle de mon compagnon Elpénor. Il n'a pas encore reçu de sépulture sous la terre aux larges chemins ; nous avons laissé son corps dans la demeure de Circé, sans le pleurer ni l'ensevelir ; car une autre tâche nous pressait. À sa vue mes larmes jaillissent et mon cœur est pris de pitié. Élevant la voix, je lui adresse ces paroles ailées : "Elpénor, comment es-tu venu sous cette brume ténébreuse? Tu y es arrivé à pied plus vite que moi avec mon vaisseau noir."

« Je dis ; il me répond en gémissant : "Descendant de Zeus, fils de Laërte, Ulysse aux mille tours, je n'ai pas eu de chance et j'avais trop bu ; c'est ce qui m'a perdu. Je m'étais couché sur le toit de la grand'salle de Circé ; je n'ai plus pensé, pour en descendre, à prendre l'échelle et je suis tombé du toit, du côté opposé ; je me suis brisé les vertèbres du cou, et mon ombre est descendue chez Hadès. Maintenant, je t'en supplie, pense à ceux qui sont restés derrière toi et qui ne sont pas ici, à ta femme et à ton père, qui t'a élevé tout enfant, à Télémaque, le seul fils que tu as laissé dans ton palais ; quand tu quitteras la demeure d'Hadès, tu accosteras, je le sais, à l'île d'Aiaiè avec ton vaisseau bien construit ; alors, mon roi, pense à moi. Ne pars pas en me laissant derrière toi sans pleurs ni sépulture ; crains que je ne soulève contre toi la rancune des dieux [1]. Brûle mes restes avec les armes qui m'appartiennent ; élève-moi un monument sur le rivage de la mer grise, afin que les hommes à venir se souviennent de mon malheur. Rends-moi ces honneurs et plante sur mon tertre la rame avec laquelle, de mon vivant, je ramais parmi mes compagnons." Ainsi parle-t-il, et moi, je lui réponds : "Tout ce que tu demandes, mon malheureux ami, je le ferai ; j'accomplirai les rites."

« Tous deux, nous échangeons ces tristes propos et, tandis que moi je maintiens mon épée au-dessus du sang, de l'autre côté de la fosse, le fantôme de mon compagnon me parle longuement.

« Alors survient l'ombre de ma défunte mère, Anticlée, fille du magnanime Autolycos ; elle était en vie quand je suis parti pour la sainte Ilion. À sa vue mes larmes jaillissent et mon cœur est pris de pitié. Mais, malgré mon chagrin, je ne la laisse pas s'approcher du sang la première car je veux d'abord interroger Tirésias.

« Survient alors l'ombre du Thébain Tirésias ; il tient son sceptre d'or à la main. Il

1. *La rancune des dieux* : celui dont le corps n'a pas reçu de sépulture ne peut trouver le repos dans l'au-delà. Si Ulysse n'accomplit par les rites, il subira la colère des dieux, qui vengeront l'outrage.

me reconnaît et me dit : “Descendant de Zeus, fils de Laërte, Ulysse aux mille tours, pourquoi donc, malheureux, as-tu quitté la lumière du soleil, pour venir voir les morts et le pays sans joie ? Éloigne-toi de la fosse, écarte la pointe de ton épée, que je boive du sang et te dise la vérité.” Ainsi parle-t-il ; moi, je m’éloigne et remets au fourreau mon épée aux clous d’argent. Quand il a bu le sang noir, l’irréprochable devin m’adresse ces paroles : “Tu veux obtenir le retour doux comme le miel, glorieux Ulysse ; mais un dieu te le rendra difficile ; car, à mon avis, l’Ébranleur de la terre nourrit contre toi une rancune tenace ; il t’en veut d’avoir rendu son fils aveugle. Toutefois, même ainsi, vous pourrez encore, en subissant bien des épreuves, arriver chez vous ; mais il faudra que tu consentes à maîtriser ton cœur et celui de tes compagnons. Dès l’instant où tu approcheras ton vaisseau bien charpenté de l’île du Trident et que tu auras échappé à la mer violette, vous trouverez en train de paître les vaches d’Hélios, qui voit tout et entend tout, et ses robustes moutons. Si tu n’y touches pas, si tu ne penses qu’à votre retour, vous pourrez encore, non sans souffrir, atteindre Ithaque. Mais si tu y touches, tu perdras ton vaisseau et tes compagnons, je te le prédis. Quant à toi, si tu échappes au trépas, tu rentreras, mais quand ? et dans quel état ? Tu auras perdu tous tes compagnons, tu reviendras sur un vaisseau étranger ; tu trouveras encore le malheur au logis ; des hommes arrogants qui dévorent ton bien, qui prétendent épouser ta noble femme et lui offrent des présents de noces. D'ailleurs, une fois arrivé, tu leur feras expier leurs outrages. Quand tu auras tué les prétendants en ta grand'salle, par ruse ou à découvert, à la pointe du bronze, prends une rame bien faite et rends-toi chez des hommes qui ignorent la mer et mangent leur pitance sans sel ; ils ne connaissent donc point les vaisseaux aux flancs rouges, ni les rames bien faites, qui sont les ailes des vaisseaux. Je vais t'en donner une preuve bien convaincante, qui ne t'échappera pas. Quand, te rencontrant, un autre voyageur dira que tu portes un battoir à vanner sur ta robuste épaule, plante en terre ta rame bien faite, offre un beau sacrifice au roi Poséidon, un bélier, un taureau, un porc en état de saillir les truies ; puis reviens à ta maison sacrifier des hécatombes [1] sacrées aux dieux immortels qui habitent le ciel immense ; à tous, sans en oublier aucun. Pour toi, tu mourras hors de la mer, d'une mort très douce : elle te prendra quand tu seras affaibli par une vieillesse opulente ; autour de toi, tes peuples seront

1. *Hécatombes* : étymologiquement, *sacrifice de cent bœufs*, d'où *sacrifice d'un grand nombre de bêtes.*

prospères. Voilà ce que je te prédis en toute vérité.”

« Ainsi parle-t-il, et moi, je lui réponds : “Tirésias, voilà donc le destin que les dieux ont filé pour moi. Voyons, dis-moi et réponds sans me rien cacher. Je vois ici l’ombre de ma défunte mère. Elle se tient silencieuse près du sang, elle n’a pas eu la force de regarder son fils en face ni de lui adresser la parole. Dis-moi, comment pourra-t-elle reconnaître que je suis son fils ?” Je dis ; aussitôt il me répond : “Je vais te dire une chose bien simple et la mettre dans ton esprit : les morts que tu laisseras approcher du sang te tiendront des discours véridiques ; ceux que tu écarteras s’en retourneront.”

« Ayant ainsi parlé, l’ombre de Tirésias s’en retourne dans la demeure d’Hadès, après m’avoir révélé ces arrêts des dieux. Moi, je reste là sans bouger, jusqu’au moment où ma mère vient boire le sang noir. Aussitôt elle me reconnaît, elle gémit et m’adresse ces paroles ailées : “Mon enfant, comment es-tu venu vivant sous cette brume ténébreuse ? Il est difficile aux mortels de contempler ce monde. Ils en sont séparés par de grands fleuves et d’effroyables torrents ; d’abord l’Océan, que l’on ne saurait franchir à pied ; il faut avoir un vaisseau bien construit. Arrives-tu seulement de Troade ? Erres-tu encore avec ton vaisseau et tes compagnons ? N'as-tu pas encore regagné Ithaque, n'as-tu pas encore revu ta femme et ton palais ?"

« Ainsi parle-t-elle ; et moi, je lui réponds : "Ma mère, il me fallait descendre chez Hadès, pour interroger l'ombre du Thébain Tirésias. Non ! Je n'ai pas encore approché de l'Achaïe [1] ni mis le pied sur notre terre ; je n'ai pas cessé d'errer en proie au chagrin, depuis le jour où j'ai suivi l'illustre Agamemnon vers Ilion aux beaux poulains, pour combattre les Troyens. Mais dis-moi et réponds sans feinte. Quelle Parque cruelle t'a domptée ? Est-ce une lente maladie ? Ou la Sagittaire Artémis est-elle venue te frapper de ses douces flèches ? Parle-moi de mon père, du fils que j'ai laissé : conservent-ils mon pouvoir, ou un autre s'en est-il déjà emparé ? Assure-t-on que je ne reviendrai plus ? Dis-moi les projets et les pensées de ma femme ; est-elle restée près de notre fils et tient-elle tout en bon état, ou bien a-t-elle épousé déjà quelque noble Achéen ?"

« Je dis ; aussitôt ma vénérable mère me répond : "Elle te reste fidèle dans ton palais. Toutes ses nuits se passent à gémir, tous ses jours à verser des larmes. Et ton pouvoir royal, nul encore ne s'en est emparé ; sans être inquiété, Télémaque gère le domaine et

1. *Achaïe* : la Grèce.

offre des festins selon le rang de chacun ; tout le monde l'invite [1]. Ton père n'a pas bougé ; il est toujours dans l'île, à la campagne ; il ne descend même plus à la ville. Il n'utilise plus, pour se coucher, ni lit, ni couverture, ni coussins moirés ; l'hiver, il dort dans la maison, avec ses domestiques, dans la cendre, près du feu ; il n'a sur la peau que de mauvais vêtements. Mais, quand vient l'été puis le riche automne, les feuilles tombées à terre dans son vignoble lui servent de lit. C'est là qu'il se couche en proie au chagrin ; il nourrit en son esprit sa grande douleur, espérant ton retour ; en outre la pénible vieillesse est venue. C'est ainsi que moi, je suis morte et j'ai achevé ma destinée ; l'adroite Sagittaire ne m'a pas touchée de ses doux traits et tuée au palais ; je n'ai pas été non plus atteinte d'une maladie, qui ôte la vie en consumant affreusement tout le corps ; non, ce sont mes regrets, mes soucis, noble Ulysse, c'est ma tendresse pour toi qui m'ont privée de la vie douce comme le miel.”

« Ainsi parle-t-elle ; et moi, je ne pense plus qu'à étreindre l'ombre de ma mère défunte. Trois fois je m'élance, et mon cœur me presse de la saisir ; mais trois fois elle

1. *Tout le monde l'invite* : les prophéties de Tirésias sont faites sept ans avant le retour d'Ulysse : les prétendants ne viendront que plus tard dans le palais d'Ulysse dilapider ses biens et courtiser sa femme.

s'envole, pareille à une ombre et à un songe. Chaque fois ma douleur est plus vive. Aussi, élevant la voix, je lui adresse ces paroles ailées : "Mère, pourquoi te dérober à mon étreinte ? je veux que, même chez Hadès, nous puissions nous embrasser, nous rassasier de pleurs. L'auguste Perséphone n'a-t-elle suscité qu'un fantôme pour me faire gémir et pleurer encore davantage ?"

« Je dis, et ma vénérable mère me répond aussitôt : "Hélas ! mon enfant, le plus infortuné de tous les hommes, Perséphone, la fille de Zeus, ne te trompe aucunement ; mais c'est la loi des mortels, quand ils sont morts ; il n'y a plus de nerfs qui maintiennent les chairs et les os ; la puissante ardeur du feu brillant détruit tout cela, dès que la vie a quitté les ossements blanchis et que l'âme est condamnée à voleter comme un songe. Mais hâte-toi au plus vite vers la lumière ; retiens bien toutes ces choses, afin de pouvoir les dire par la suite à ta femme."

« Tels sont les propos que nous avons échangés. [...]

« Puis j'ai attendu, immobile, qu'arrive l'un des héros du passé. Peut-être aurais-je vu ceux que j'aurais voulu, les hommes des âges précédents, Thésée [1], Pirithoos, illustres enfants des dieux. Mais, sans m'en laisser le temps, le

1. *Thésée* : roi d'Athènes, qui descendit aux Enfers en compagnie de son ami Pirithoos qui voulait enlever Perséphone pour l'épouser.

peuple des morts se rassemble, innombrable ; la peur me fait blêmir : la vénérable Perséphone n'allait-elle pas m'envoyer la tête de Gorgo, le terrible monstre ? Sans tarder, je retourne au vaisseau, je donne l'ordre à mes compagnons de s'embarquer et de dénouer les amarres. Ils s'embarquent aussitôt et prennent place à leurs bancs. Le courant nous porte sur le fleuve Océan ; nous avons commencé par ramer ; ensuite une brise favorable nous a poussés.

(Chant XII)

RETOUR A L'ÎLE D'AIAIÉ ET CONSEILS DE CIRCÉ

« La nef quitta le cours du fleuve Océan et atteignit les houles du grand large qui nous portent vers l'île d'Aiaié, où Aurore, qui naît de grand matin, séjourne avec ses chœurs et où se lève Hélios. Dès l'arrivée, on échoue le vaisseau sur les sables, on débarque sur la grève. Puis, nous nous endormons en attendant la brillante Aurore.

« Dès que paraît Aurore aux doigts de rose, qui naît de grand matin, j'envoie mes compagnons à la demeure de Circé, pour emporter le corps d'Elpénor. Nous coupons les bûches et, à l'endroit le plus haut du cap, nous le brûlons, pleurant à chaudes larmes. Quand le feu a consumé le corps et les armes du mort, nous lui élevons un tertre, nous lui dressons une stèle et au sommet du tombeau nous plantons sa rame bien maniable. Nous accomplissons tous les rites.

« Mais Circé n'ignore pas notre retour de chez Hadès ; bien vite, elle accourt toute parée ; des suivantes, qui portent du pain, force viandes et vin rouge aux reflets de feu l'accompagnent. L'illustre déesse vient au milieu de nous et nous dit : "Malheureux, vous êtes entrés vivants dans la demeure d'Hadès, vous mourrez donc deux fois, alors que tous les autres hommes ne meurent qu'une seule. Allons, mangez de ces vivres, buvez du vin, là, tout le jour. Dès que poindra Aurore, vous reprendrez la mer. Je vous montrerai votre route et vous renseignerai sur tout, pour que nul artifice funeste, ou sur mer, ou sur terre, ne vous suscite encore d'autres souffrances."

« Elle dit, et notre cœur lui obéit. Ainsi tout le jour, jusqu'au coucher du Soleil, nous restons, nous partageant viandes à foison et doux vin. Après le coucher du Soleil et l'arrivée des ténèbres, mes gens vont dormir au long des amarres. Mais Circé, me prenant par la main, me fait asseoir loin d'eux, se couche près de moi et m'interroge sur les détails de notre voyage. Je lui raconte tout. L'auguste Circé alors m'adresse ces paroles : "Vous voilà donc au bout de cette épreuve. Écoute tout ce que je vais te dire ; d'ailleurs, les dieux t'aideront à t'en souvenir. Tu arriveras d'abord chez les Sirènes, dont la voix charme tous ceux qui viennent vers elles. Qu'un homme les approche sans être averti et les entende, et jamais sa femme ni ses enfants ne se réuniront près de lui ni ne fêteront son retour ; le chant harmonieux des Sirènes le charmera. Elles résident dans une prairie, et tout alentour le rivage est rempli des ossements de corps en décomposition ; sur les os la peau se dessèche. Passe sans t'arrêter ; pétris de la cire douce comme le miel et bouche les oreilles de tes compagnons, pour qu'aucun d'eux ne puisse entendre. Toi-même, écoute si tu veux ; mais que, sur ton vaisseau rapide, on te lie les mains et les pieds, que l'on t'attache par des cordes debout au pied du mât, afin que tu goûtes le plaisir d'entendre la voix des Sirènes. Et, si tu pries et presses tes gens de te délier, qu'ils renforcent tes liens. Puis, quand tes rameurs auront dépassé les Sirènes, je ne te dirai plus avec précision quelle route il te faudra suivre. C'est à toi d'en décider en ton cœur. Il y a deux routes possibles. Je vais te les décrire [1].

« "D'un côté il y a des roches en surplomb, contre lesquelles se brisent en grondant les grandes houles d'Amphitrite aux

1. *Je vais te les décrire* : l'une contourne la Sicile par l'ouest, l'autre passe par le détroit de Messine (voir carte p. 24).

yeux sombres. Les dieux bienheureux les nomment les Planctes. L'une ne peut être frôlée par aucun volatile, pas même pas les timides colombes, qui portent l'ambroisie à Zeus le Père ; à chaque vol, la roche lisse en saisit une, et le Père doit en renvoyer une autre pour qu'il y ait le compte. Quant à l'autre, jamais un vaisseau monté par des hommes ne vint dans ces parages et ne réussit à la doubler : les poutres des vaisseaux et les corps des marins sont emportés par les vagues de la mer et les tourbillons du feu dévastateur. Une seule nef au long cours réussit à passer, l'Argo [1], à son retour du pays d'Alétés, l'Argo que chantent tous les poètes ; et, même elle aurait été bientôt brisée par les flots contre les grandes roches, si Héra ne l'avait fait passer, pour l'amour de Jason.

« "L'autre route vous mène vers les deux écueils. L'un touche le vaste ciel de son faîte aigu qu'une sombre nuée entoure ; jamais elle ne se dissipe ; jamais l'azur n'en baigne la cime, ni en été, ni en automne ; aucun mortel ne saurait l'escalader ni se tenir au sommet, eût-il vingt mains et vingt pieds ; car la roche est lisse et on la croirait rabotée. À mi-hauteur de l'écueil une sombre caverne s'ouvre à l'ouest vers l'Érèbe ; c'est de ce

1. *Argo* : l'Argo est le bateau qui transporta Jason et ses compagnons, les argonautes, pour la conquête de la toison d'or.

côté que vous devez diriger votre vaisseau, illustre Ulysse. Aucun homme, si vigoureux fût-il, ne pourrait, du creux de sa nef, atteindre d'une flèche le fond de la caverne. C'est à l'intérieur que gîte Scylla aux aboiements terribles. Sa voix n'est pas plus forte que celle d'une chienne nouveau-née ; c'est pourtant un monstre affreux : personne n'aurait joie à la voir, même un dieu. Ses pieds (elle en a douze), sont tous des moignons ; elle a six cous, d'une longueur singulière, surmontés chacun d'une tête effroyable [1], à trois rangées de dents, serrées, multiples, pleines des ténèbres de la mort. Elle s'enfonce jusqu'à mi-corps dans le creux de la caverne ; elle tend ses têtes hors du gouffre terrible, et de là elle explore la roche tout entière et pêche dauphins et chiens de mer ; parfois il lui arrive de prendre quelque monstre plus gros, comme en nourrit par milliers Amphitrite aux forts mugissements. Jamais encore matelots ne se sont vantés d'avoir passé par là sans y périr avec leur nef ; Scylla emporte avec chacune de ses têtes un homme qu'elle saisit dans le vaisseau à la proue sombre.

« "L'autre écueil, tu verras, Ulysse, est moins élevé. Les deux écueils sont l'un près de l'autre. Une de tes flèches franchirait l'intervalle. Ce deuxième écueil porte un

1. *Effroyable* : cette description fait penser à un poulpe géant.

grand figuier sauvage à la frondaison luxuriante. Au pied du roc, la fameuse Charybde engloutit l'eau noire. Trois fois par jour elle la rejette et trois fois elle l'engloutit avec un bruit effroyable. Ne te trouve pas là, quand elle commence à l'engouffrer ; car l'Ébranleur de la terre lui-même ne pourrait te sauver du malheur. Aussi choisis plutôt de faire vite passer ton vaisseau près de l'écueil de Scylla ; car il est sans doute bien préférable d'avoir à regretter six hommes de ton équipage que de les perdre tous ensemble."

« Ainsi parle-t-elle, et moi, je lui rétorque : "Déesse, réponds-moi franchement. Si je parvenais à éviter la funeste Charybde, ne pourrais-je attaquer l'autre, quand elle se jetterait sur mes gens ?" Je dis ; et l'illustre déesse me répond aussitôt : "Malheureux ! Tu ne rêves donc qu'actions guerrières et bataille ! Tu ne reculerais même pas devant les dieux. Scylla n'est pas une mortelle : c'est un fléau immortel, un monstre épouvantable, furieux, inattaquable. On ne peut s'en défendre ; le mieux est de le fuir. Si au long de sa roche tu perds du temps à t'armer, je crains qu'elle ne t'atteigne en lançant derechef ses têtes, et ne te prenne encore autant d'hommes. Passe plutôt très vite ; appelle à ton secours Crataïs, la mère de Scylla ; c'est elle qui enfanta ce fléau pour les hommes et c'est elle qui préviendra une nouvelle attaque.

« "Tu arriveras ensuite à l'île de Trinacie [1]. Là paissent en grand nombre les bœufs d'Hélios et ses grasses brebis, sept troupeaux de vaches, autant de beaux troupeaux de brebis, chacun de cinquante têtes. Ces bêtes ne procréent pas et jamais elles ne meurent. Des déesses sont leurs bergères, nymphes aux belles boucles, Phaétousa et Lampétie, que mit au monde pour Hélios Hypérion la brillante Néère. Après leur avoir donné le jour, l'auguste mère les nourrit puis les établit au loin dans l'île de Trinacie pour y habiter et garder les brebis et les vaches luisantes de leur père. Si tu ne leur fais aucun mal, si tu penses à votre retour, vous pourrez encore, non sans souffrir, atteindre Ithaque, mais si tu y touches, je prévois alors la perte de ton vaisseau et de tes gens ; si toi-même tu échappes à la mort, tu rentreras mais quand ? et en quel état ? tu auras perdu tous tes compagnons."

« Elle dit, et aussitôt paraît Aurore au trône d'or. La déesse illustre alors s'en va vers l'intérieur de l'île ; moi, regagnant ma nef, j'encourage mes gens à s'embarquer et à détacher les amarres de poupe. Ils montent à bord sans tarder, s'assoient à leurs bancs et, assis à leur place, ils soulèvent de leurs rames l'écume de la mer. Alors, pour nous accompagner, Circé aux belles boucles, la terrible

1. *Trinacie* : il s'agit de la Sicile, plutôt appelée Trinacrie, *l'île aux trois caps*.

déesse à la voix humaine, fait souffler un vent favorable qui gonfle nos voiles, et pousse notre vaisseau à la proue sombre. Nous, après avoir disposé les agrès sur le vaisseau, nous restons sans rien faire : le vent et le pilote nous mènent droit au but. Tout le jour le vaisseau court sur la mer, voiles gonflées. Je dis à mes compagnons, le cœur angoissé : "Amis, il ne faut pas qu'un ou deux seulement connaissent les oracles que m'a révélés Circé, illustre entre les déesses. Je vais donc tout vous dire, afin que nous sachions ce qui peut nous perdre et ce qui peut nous préserver de la Parque fatale. Elle nous invite d'abord à nous garder des Sirènes charmeuses, de leur voix et de leur pré fleuri ; moi seul je peux les entendre. Mais attachez-moi par des liens serrés, debout au pied du mât, et que des cordes m'y maintiennent. Si je vous prie et vous ordonne de me détacher, vous alors, renforcez les liens."

LES SIRÈNES

« Ainsi, j'explique tout en détail à mes compagnons pour les mettre au courant. Cependant, la nef solide atteint vite l'île des Sirènes [1] ; car un vent favorable, qui nous épargne toute peine, a hâté sa marche. Sou-

1. *Sirènes* : peut-être au sud du golfe de Naples. Les Sirènes sont représentées comme des oiseaux à tête de femme.

dain le vent tombe ; le calme règne sur les flots, qu'une divinité endort ; pas un souffle. Mes gens se lèvent, roulent les voiles du vaisseau qu'ils jettent au fond de la cale ; puis ils s'assoient devant les rames et font blanchir l'eau avec leur sapin poli.

« Moi, avec le bronze aiguisé de mon épée, je taille un grand gâteau de cire et j'en pétris les morceaux de mes mains vigoureuses. Aussitôt la cire s'amollit, sous la force puissante et l'éclat d'Hélios, le souverain fils d'Hypérion. Je bouche les oreilles de tous mes compagnons, chacun à son tour. Eux, sur la nef, m'attachent les mains et les pieds ; je suis debout au pied du mât auquel ils fixent les cordes. Assis, ils frappent de leurs rames la mer grise d'écume. Quand nous ne sommes plus qu'à une portée de voix, ils redoublent de vitesse, mais la nef qui bondissait sur les flots ne reste pas inaperçue des Sirènes ; elle passe en effet tout près ; elles entonnent un chant harmonieux. "Allons, viens ici, Ulysse, tant vanté, gloire illustre des Achéens ; arrête ton vaisseau, viens écouter notre voix. Jamais nul encore n'est venu par là sur un vaisseau noir, sans avoir entendu la voix aux doux sons qui sort de nos lèvres ; puis on s'en va charmé et plus savant ; car nous savons tout ce qu'ont enduré dans la vaste Troade Argiens et Troyens par la volonté des dieux, et nous savons aussi tout ce qui arrive sur la terre nourricière."

« Elles chantent ainsi de leur belle voix. Et moi, je veux les entendre ; j'ordonne à mes compagnons, par un mouvement des sourcils, de me délier. Mais, penchés sur les avirons, ils rament. Périmède et Eurylochos se lèvent aussitôt et renforcent mes liens. Puis, dès qu'on a dépassé les Sirènes et que leur voix et leur chant sont devenus inaudibles, mes fidèles compagnons retirent la cire, dont j'avais bouché leurs oreilles, et me délivrent de mes liens.

CHARYBDE ET SCYLLA

« Comme nous quittons l'île, je vois tout aussitôt la vapeur de grandes houles et j'en entends le fracas. Mes gens prennent peur ; les rames s'échappent de leurs mains et claquent en tombant toutes au fil de l'eau. La nef s'arrête sur place, car leurs mains ne manœuvrent plus les rames effilées. Moi, allant d'un bout à l'autre du vaisseau, j'encourage mes compagnons par de douces paroles, en adressant la parole à chacun. "Amis, nous avons connu bien d'autres épreuves. Sommes-nous plus en danger que le jour où le Cyclope, avec toute sa force, nous tenait enfermés au creux de sa caverne ? Pourtant, même de là nous nous sommes échappés, grâce à ma vaillance, à mes conseils et à mon intelligence. Je crois que nous pourrons un jour évoquer aussi le souvenir de l'aventure présente. Maintenant, courage, obéissez tous à ce que je vais dire : restez assis à vos bancs, frappez la mer de vos rames, en les enfonçant profondément ; voyons si d'aventure Zeus nous accordera d'échapper à ce danger et d'esquiver la mort. Pour toi, pilote, voici mes ordres : mets-les bien dans ton esprit, puisque tu tiens le gouvernail de la nef creuse. Dirige-la en dehors de cette vapeur et de cette houle ; longe bien l'autre écueil, de peur qu'à ton insu elle ne s'écarte de sa trajectoire, qu'elle ne se jette là-bas, et que tu ne nous précipites dans le malheur."

« Je dis, et bien vite ils obéissent à mes ordres. Je ne dis rien de plus sur Scylla, l'inévitable fléau ; car peut-être mes gens, pris de peur, cesseraient-ils de ramer pour se blottir en tas à fond de cale. Et voilà que j'oublie la pénible recommandation de Circé ; elle m'avait défendu de prendre une seule de mes armes ; mais, moi, je revêts mon armure glorieuse, je prends en main deux longues javelines et je vais me poster sur le gaillard de proue ; je crois découvrir de là, dès son apparition, cette Scylla de pierre, s'élançant pour la perte des miens. Mais je ne l'aperçois nulle part, et mes yeux se fatiguent à scruter en tous sens la roche embrumée.

« Nous naviguons droit dans la passe, en nous lamentant. D'un côté se trouve Scylla ; de l'autre, la fameuse Charybde engloutit avec un bruit terrible l'eau salée. Quand elle la vomit, toute la mer s'agite, bouillonne, comme l'eau d'un chaudron sur un grand feu ; l'écume jaillit jusqu'en haut des Écueils sur lesquels elle retombe. Puis, quand elle engloutit à nouveau l'eau salée, on la voit bouillonner tout entière dans son trou ; le rocher qui l'entoure mugit terriblement ; et par-dessous apparaît un fond de sable noirâtre. Mes compagnons, pris de terreur, deviennent blêmes.

« Tandis que nous regardons Charybde, dans notre crainte de la mort, Scylla enlève dans le creux du vaisseau six de mes hommes, les meilleurs par la force de leurs bras. Lorsque je regarde mon vaisseau rapide en cherchant des yeux mes compagnons, je n'aperçois plus dans le ciel où ils sont emportés que leurs pieds et leurs mains : ils crient, m'appellent par mon nom, pour la dernière fois, dans l'angoisse de leur cœur. Quand, sur la pointe d'un rocher, un pêcheur jette au bout de sa longue gaule l'appât trompeur aux petits poissons et lance dans la mer la corne d'un bœuf des champs, on le voit verser sur le sol sa prise frétillante ; ils frétillent ainsi, enlevés contre les pierres, et Scylla, à la porte de son antre, les dévore : ils crient, tendant les bras vers moi, dans leur effroyable détresse. C'est bien le spectacle le plus pitoyable qu'aient vu mes yeux, pendant ma pénible recherche des passes de la mer.

LES TROUPEAUX D'HÉLIOS HYPÉRION

« Enfin nous échappons aux Écueils, à la terrible Charybde, à Scylla, et nous parvenons à l'île admir able du dieu. Là [1] se trouvent les beaux bœufs au large front, les nombreuses et grasses brebis d'Hélios Hypérion. J'étais encore en haute mer, sur mon vaisseau noir, quand j'ai entendu mugir les bœufs et bêler les brebis dans leur enclos. La parole du devin aveugle, Tirésias de Thèbes, revient à mon esprit, ainsi que celle de Circé d'Aiaié qui m'avaient tant recommandé d'éviter l'île d'Hélios, le charmeur des mortels. Je dis alors à mes compagnons, le cœur angoissé : "Écoutez-moi, compagnons ; vos souffrances sont terribles mais il faut que je vous dise les prophéties de Tirésias et de Circé d'Aiaié : ils m'ont recommandé instamment d'éviter l'île d'Hélios, le charmeur des mortels. Car ils m'ont prédit que, dans ce lieu, il nous arriverait un malheur effroyable. Doublons cette île ! Écartez-en le vaisseau noir."

« Je dis, et leur cœur en est brisé. Aussitôt Eurylochos me répond sur un ton haineux : "Tu es cruel, Ulysse ; tu as une résitance physique exceptionnelle, et tu n'es pas fatigué ; en vérité, toute ta charpente est de fer. Tes compagnons tombent de fatigue et de

1. *Là* : peut-être sur la côte de Sicile qui longe le détroit de Messine.

sommeil, et tu ne leur permets pas de mettre peid à terre dans cette île cernée des flots, où nous pourrions apprêter un souper succulent ; tu nous ordonnes d'aller ainsi à travers la nuit qui tombe vite, nous perdre loin de l'île sur la mer brumeuse ; mais les vents violents, destructeurs de vaisseaux, sont fils des nuits ; comment échapper à une mort brutale, si le Notos ou le Zéphyr, au souffle furieux, ces vents qui ont vite fait de briser un vaisseau en dépit des dieux, déchaînent soudain une tempête ? Allons, cédons à la nuit noire et préparons le souper, en restant près du vaisseau rapide ; à l'aube, nous embarquerons et pousserons la nef au large."

« Ainsi parle Eurylochos, mes autres compagnons l'approuvent. Mais je sais les maux qu'un dieu nous prépare. Aussi élevant la voix, je lui adresse ces paroles ailées : "Eurylochos, je suis seul contre tous et vous me forcez la main. Mais jurez-moi tous un serment solennel : si nous rencontrons un troupeau de bœufs ou une harde de brebis, que personne, par une folie funeste, ne s'avise de tuer bœuf ou mouton ; contentez-vous de manger les vivres dont nous a pourvus l'immortelle Circé."

« Je dis, et mes gens aussitôt jurent de ne pas toucher, comme je l'ordonne, au bétail divin. Puis, quand ils ont juré et prononcé le serment jusqu'au bout, nous mouillons la nef bien construite dans le port encaissé [1], près d'une eau douce ; mes compagnons débarquent, et apprêtent le souper avec un art consommé. Quand notre soif et notre appétit sont satisfaits, ils se rappellent alors et pleurent leurs compagnons, dévorés par Scylla, qui les avait pris au creux du vaisseau. Et pendant qu'ils pleurent, le doux sommeil survient.

« On était aux deux tiers de la nuit et les astres avaient commencé leur déclin, quand Zeus, assembleur de nuées, soulève un ouragan, un tourbillon indicible, et couvre de nuages à la fois la terre et la mer. La nuit tombe du ciel.

« Quand paraît Aurore aux doigts de rose, qui naît de grand matin, nous ancrons le vaisseau après l'avoir tiré au creux d'une grotte où les nymphes forment leurs beaux chœurs et viennent s'asseoir. Alors j'assemble mes gens et leur dis : "Amis, il y a dans notre vaisseau rapide vivres et boisson ; ne touchons pas aux bœufs, par crainte d'un malheur. Car il est terrible le dieu qui possède ces bœufs et ces grasses brebis, Hélios qui voit tout et entend tout."

« Je dis ; et leur cœur s'empresse d'obéir. Tout le mois, Notos ne cesse de souffler ; jamais d'autre vent que Euros et Notos. Tant que mes compagnons ont vivres et vin rouge, ils ne touchent pas aux bœufs ; car ils

1. *Le port encaissé* : peut-être le port de Messine.

désirent sauver leur vie. Mais, quand les provisions du bord sont toutes épuisées, ils vont, contraints par la nécessité, chasser de-ci de-là, prenant poissons, oiseaux, tout ce qui leur tombe sous la main, avec des hameçons crochus : la faim leur tord l'estomac. Quant à moi, je pars vers l'intérieur de l'île, afin de prier les dieux, avec l'espoir que l'un d'eux m'indiquera le chemin du retour. Je monte à travers l'île pour m'éloigner de mes compagnons ; je me lave les mains puis j'invoque, dans un lieu abrité du vent, tous les dieux, qui habitent l'Olympe. Ceux-ci répandent un doux sommeil sur mes paupières. Pendant ce temps Eurylochos commence à donner à ses compagnons ce conseil funeste : “Écoutez mes paroles, compagnons ; vos épreuves sont terribles mais tous les genres de mort sont odieux aux misérables mortels ; et périr de faim, y a-t-il sort plus affreux ? Allons ! poussons devant nous les plus beaux bœufs d'Hélios, et sacrifions-les aux Immortels, qui habitent le vaste Olympe. Si nous arrivons en Ithaque, terre de nos pères, nous battirons aussitôt pour Hélios Hypérion un riche sanctuaire ; nous y dresserons beaucoup de belles statues. Et s'il nous garde rancune pour ses vaches aux cornes droites et veut détruire notre nef, et que les autres dieux y consentent, je préfère perdre d'un coup la vie, en ouvrant la bouche aux flots, plutôt que de languir longtemps dans une île déserte."

« Ainsi parle Eurylochos, et les autres l'approuvent. Aussitôt ils poussent devant eux les plus beaux bœufs d'Hélios, qui sont tout proches ; car ils ne paissent pas loin du vaisseau à la proue sombre, les beaux bœufs à la robe luisante, au large front. Ils les encerclent puis adressent leurs vœux aux dieux, après avoir cueilli les tendres feuillages d'un chêne à la haute chevelure, car ils n'ont plus d'orge blanche à bord de la nef aux solides bordages. Quand ils ont fait leur vœu, égorgé et écorché les bœufs, ils détachent les cuisses, et sur les deux côtés les recouvrent de graisse, puis ils placent dessus des morceaux saignants. Comme ils n'ont pas de vin à verser sur les offrandes brûlantes, ils font libation avec de l'eau ; ils grillent tous les viscères. Lorsque les cuisses sont rôties et qu'ils ont mangé les entrailles, ils découpent le reste en morceaux qu'ils enfilent sur des broches.

« C'est alors que le doux sommeil s'envole de mes paupières. Je regagne le vaisseau rapide et le rivage de la mer. Quand j'arrive près de la nef en forme de croissant, le chaud fumet de la graisse m'enveloppe. Je pousse un profond gémissement et j'invoque à grands cris les dieux immortels : "Zeus père, et vous autres dieux bienheureux et éternels, c'est pour mon malheur que vous m'avez

endormi d'un impitoyable sommeil. Mes compagnons ont, en mon absence, perpétré un monstrueux forfait."

« Lampétie au long voile court annoncer à Hélios Hypérion que nous lui avons tué ses bœufs. Aussitôt, le cœur courroucé, il dit dans l'assemblée des Immortels : "Zeus père, et vous autres, dieux bienheureux et éternels, faites payer aux compagnons d'Ulysse, fils de Laërte, le meurtre de mes bœufs. Les impies ! Ils ont tué ces bêtes qui faisaient ma joie quand j'allais vers le ciel constellé, ou quand, à mon déclin, je retournais du ciel vers la terre. S'ils ne sont pas frappés d'un juste châtiment pour la mort de mes bœufs, je vais descendre chez Hadès et briller pour les morts." Zeus, assembleur de nuées, lui répond : "Hélios, continue à briller parmi les Immortels, et pour les mortels sur la terre qui donne le blé. Quant à ces gens, je frapperai bientôt leur vaisseau rapide de ma foudre éclatante et le ferai voler en éclats au milieu de la mer vineuse."

« Voilà ce que j'appris tard de la bouche de Calypso à la belle chevelure. Elle disait que le messager Hermès lui avait à elle-même rapporté ces paroles.

« Quand je regagne le vaisseau rapide et la mer, je vais trouver l'un après l'autre mes gens et les querelle. Mais il n'y a pas de solution, les bœufs sont déjà morts. Les dieux aussitôt font paraître à leurs yeux des prodiges : les cuirs des bêtes marchent ; les viandes cuites et crues meuglent autour des broches ; on aurait dit la voix des bœufs eux-mêmes. Six jours durant, mes fidèles compagnons festoient ; car ils avaient pris à Hélios ses meilleurs bœufs. Quand Zeus, fils de Cronos, fait paraître le septième jour, le vent cesse de souffler en tempête ; nous montons à bord, et poussons la nef sur la vaste mer, après avoir planté le mât et hissé les voiles blanches.

LA VENGEANCE D'HÉLIOS

« Nous venons de quitter l'île, on ne voit nulle terre, mais seulement le ciel et la mer, quand le fils de Cronos place une nuée noirâtre au-dessus de la nef creuse ; la mer en est obscurcie. Notre course ne dure pas longtemps ; en sifflant arrive aussitôt un Zéphyr, qui tourbillonne en tempête ; la violence du vent brise le mât qui s'abat, et tous les agrès sont précipités à fond de cale. Le mât, en tombant sur la poupe, fend le crâne du pilote, lui fracasse tous les os de la tête ; lui, pareil à un plongeur, tombe du gaillard, et son âme vaillante quitte ses os. En même temps, Zeus tonne et lance sa foudre sur la nef. Frappée par la foudre de Zeus, elle tournoie tout entière sur elle-même, s'emplit d'une fumée de soufre, et mes gens tombent du vaisseau. Semblables à des corneilles, ils sont engloutis par les flots autour de la nef noire, et le dieu les prive du retour. Moi, je cours d'un bout à l'autre du vaisseau, quand un tourbillon de mer disloque les bordages de la quille ; le flot l'emporte sans agrès ; il projette le mât et le brise contre la quille. Mais au mât était attachée une courroie d'antenne. Je m'en sers pour lier ensemble mât et quille. Je m'assois sur eux et suis emporté par les vents funestes.

« Alors Zéphyr cesse de souffler en tempête ; mais aussitôt survient Notos, cause de nouvelles inquiétudes pour mon cœur ; une fois encore j'aurais à passer la mortelle Charybde. Toute la nuit, je suis emporté et, au lever du soleil, j'arrive à l'écueil de Scylla et à la terrible Charybde. Celle-ci engloutit l'eau salée de la mer, et moi, m'élançant vers le haut figuier, je m'y tiens suspendu comme une chauve-souris. Mais je n'ai nul moyen de poser solidement le pied ou de grimper. Car les racines sont loin au-dessous de moi et les branches s'élèvent, larges et grandes, hors de ma prise, et ombragent Charybde. Je m'agrippe, jusqu'à ce que le gouffre vomisse mât et quille. À ma joie ils reviennent enfin. Quand je vois ces bois surgir hors de Charybde, c'est l'heure tardive où le juge qui règle maintes querelles entre plaideurs se lève et rentre de l'agora pour souper. Je lâche pieds et mains et tombe bruyamment au milieu de la passe près des longues poutres.

Je m'assois dessus et rame de mes mains. Le Père des hommes et des dieux ne permet pas que Scylla m'aperçoive ; sinon je n'aurais pas échappé à la brusque mort. Puis, pendant neuf jours, les flots m'emportent ; la dixième nuit, les dieux m'approchent de l'île Ogygie, où habite Calypso aux belles boucles, la terrible déesse au langage humain, qui me donna son amitié et ses soins. Mais pourquoi reprendre ce récit ? Je te l'ai déjà fait hier en ta demeure, à toi, Alkinoos, et ta noble épouse. Je n'aime pas à redire des aventures, déjà longuement contées. »

Ainsi parla Ulysse, et tous demeurèrent immobiles, silencieux ; ils étaient sous le charme dans la grand-salle pleine d'ombre.

(Chant XIII)

DÉPART D'ULYSSE. SON RETOUR À ITHAQUE

Alkinoos, reprit la parole et dit : « Ulysse, puisque tu es venu au seuil de bronze et sous le toit élevé de ma demeure, tu n'auras plus, je pense, à reprendre tes courses errantes pour rentrer dans ton pays, malgré les épreuves sans nombre que tu as connues. Vous, qui dans la grand'salle, buvez en chaque occasion le vin d'honneur aux reflets de feu, en écoutant chanter l'aède, voilà ce que je veux à chacun vous demander : on a placé pour notre hôte, dans un coffre bien poli, les vêtements, l'or ciselé, et tous les autres dons que les conseillers des Phéaciens ont apportés ici. Allons ! donnons-lui chacun un grand trépied et un chaudron, nous nous en ferons payer le prix par le peuple ; car les frais seraient trop lourds pour chacun. » Ainsi parla Alkinoos, tous applaudirent. Puis, souhaitant dormir, ils s'en allèrent chacun chez soi.

Quand parut Aurore aux doigts de rose, qui naît de grand matin, ils se hâtèrent vers le vaisseau et y portèrent ces beaux présents. Alkinoos, vaillant et fort, monta lui-même à bord, pour disposer sous les bancs tous les dons de manière qu'ils ne gênent pas les mouvements de l'équipage, quand il ferait force rames.

Puis ils revinrent à la demeure d'Alkinoos et y préparèrent le festin. En leur honneur, le vaillant et fort Alkinoos immola un bœuf au fils de Cronos, à Zeus, dieu des sombres nuées, qui règne sur tout. Quand ils eurent rôti les morceaux de cuisses, ils prirent part au glorieux festin et s'en délectèrent. Parmi eux chantait le divin aède Démodocos, honoré des peuples. Cependant Ulysse tournait souvent la tête vers le soleil éclatant, et souhaitait son déclin ; car il aspirait au départ. Un homme est impatient de souper, lorsque tout le jour, au long du champ, ses deux bœufs aux yeux lie de vin ont tiré la charrue solide ; il voit alors avec joie se coucher la lumière du soleil et venir l'heure du souper et, tandis qu'il marche, ses genoux s'engourdissent. Ainsi Ulysse, avec joie, vit se coucher la lumière du soleil. Aussitôt il parla aux Phéaciens amis de la rame, et, s'adressant surtout à Alkinoos, il prononça ces mots : « Puissant Alkinoos, très illustre parmi tous les peuples, faites une libation et reconduisez-moi sain et sauf dans mon pays ; je vous fais mes adieux. Voilà que vous avez accompli tout ce que souhaitait mon cœur, ce départ, ces présents : veuillent les dieux du ciel me les rendre prospères. Et puissé-je au retour trouver sains et saufs au logis ma femme vertueuse et ceux qui me sont chers. Vous qui restez là, puissiez-vous rendre heureuses vos épouses, vos enfants ; et que les dieux vous donnent toute prospérité, que nul malheur ne frappe votre peuple. »

Il dit et tous, l'approuvant, demandèrent qu'on reconduisît l'hôte, car ses paroles étaient justes. Alors Alkinoos, vaillant et fort, s'adressa au héraut : « Pontonoos, fais le mélange dans le cratère et distribue à tous le vin dans la grand'salle, afin qu'après avoir prié Zeus le Père nous reconduisions notre hôte dans sa terre paternelle. »

Ainsi parla-t-il, et Pontonoos mélangea dans le cratère le vin doux comme le miel et s'en vint servir chacun. Ils firent la libation aux dieux bienheureux, qui habitent le vaste ciel, sans quitter leurs sièges ; mais l'illustre

Ulysse se leva et mit dans la main d'Arété la coupe à deux anses, puis, prenant la parole, il lui adressa ces paroles ailées : « Sois heureuse, reine, à jamais, jusqu'à l'heure où viendront la vieillesse et la mort, puisque c'est la loi pour les hommes. Moi, je pars ; toi, dans cette maison, trouve ta joie dans tes enfants, tes peuples et dans le roi Alkinoos. »

Ayant ainsi parlé, l'illustre Ulysse franchit le seuil. Avec lui, le vaillant et fort Alkinoos dépêchait un héraut pour le mener au vaisseau rapide, sur le rivage de la mer. Arété envoya aussi des servantes, l'une avec un manteau de lin bien lavé et une tunique ; l'autre chargée d'un coffre solide ; une autre encore portait le pain et le vin rouge.

Quand ils eurent atteint le vaisseau et la mer, les nobles convoyeurs se hâtèrent de prendre les vivres et la boisson et de les déposer au fond du vaisseau. Pour Ulysse ils étendirent un matelas et un drap de lin sur le gaillard de poupe de la nef creuse, afin qu'il pût dormir tranquille. Alors le héros s'embarqua et se coucha sans rien dire. Les rameurs prirent place à leurs bancs et détachèrent l'amarre de la pierre trouée. Dès que, penchés en arrière, ils soulevèrent la mer du plat des rames, un délicieux sommeil tomba sur les paupières d'Ulysse, sans sursaut, et plein de douceur, tout semblable à la mort. Imaginons dans une plaine quatre étalons qui, sous les coups du fouet, s'élancent ensemble et, le pied haut, parcourent le chemin à toute vitesse ; c'est ainsi que la nef dressait sa poupe, se soulevait à l'arrière et faisait bouillonner avec force le flot de la mer aux mille bruits. Elle courait d'un mouvement continu et sûr ; l'épervier même n'aurait pu la suivre, lui, le plus rapide des oiseaux. Courant donc, à toute vitesse, elle fendait les vagues de la mer, portant le héros égal aux dieux par la sagesse, et jusqu'alors frappé de tant de maux en son cœur, parmi les batailles des hommes et les flots épuisants. Et maintenant, sans un sursaut, il dormait, oubliant toutes ses souffrances.

À l'heure où se leva la brillante étoile qui vient annoncer le lever d'Aurore née au matin, le vaisseau rapide approcha de l'île.

Dans la terre d'Ithaque, Phorcys, le vieillard de la mer, a un port. Deux promontoires escarpés le protègent et le mettent à l'abri de la grande houle que soulève la violence des vents ; à l'intérieur les vaisseaux aux solides bordages peuvent rester sans amarre, quand ils ont atteint le point où l'on jette l'ancre. À l'entrée du port, un olivier déploie son feuillage et tout près s'ouvre une grotte obscure et charmante, consacrée aux nymphes, qu'on appelle Naïades. On y voit des cratères, des amphores de pierre à deux anses, où les abeilles font leur miel, et de longs métiers de pierre, où les nymphes tissent, merveille pour les yeux, des étoffes teintes à la pourpre de mer ; on y voit encore des sources jamais taries. Cet antre a deux portes : par l'une, du côté de Borée, descendent les hommes ; l'autre, du côté de Notos, est réservée aux dieux ; les hommes ne passent point par là, c'est le chemin des Immortels.

Les Phéaciens pénètrent dans ce port qu'ils connaissaient déjà. La nef s'échoua sur la grève, hors de l'eau jusqu'à moitié, tant les bras des rameurs lui avaient donné d'élan. Eux, débarquant du vaisseau à la coque bien charpentée, déposèrent d'abord sur le rivage Ulysse, qu'ils avaient soulevé hors de la nef creuse avec le drap de lin et la couverture moirée ; ils le placèrent sur le sable, encore dompté par le sommeil, puis débarquèrent les richesses, dont l'avaient pourvu les nobles Phéaciens, pour son retour en son pays, grâce à la magnanime Athéna. Ils les mirent en tas au pied de l'olivier, à l'écart du chemin, de peur qu'un passant ne vînt les détruire, avant le réveil d'Ulysse. Puis ils reprirent la mer et s'en retournèrent.

Mais l'Ébranleur de la terre n'avait pas oublié les menaces, qu'il avait autrefois lancées contre le divin Ulysse, et il alla prendre conseil de Zeus. « Zeus père, je ne serai plus en honneur parmi les dieux immortels, puisque des mortels, les Phéaciens, qui pourtant sont issus de ma descendance, n'ont de moi aucun respect. Je me disais bien qu'Ulysse, après avoir souffert tant de maux, rentrerait au logis ; je ne l'ai jamais privé du retour, au moins pas tout à fait, puisqu'une fois, tu lui en as fait la promesse appuyée d'un signe de ta tête. Mais ceux-ci, l'ayant conduit dans un rapide vaisseau sur la mer, l'ont déposé endormi en Ithaque, et lui ont fait des présents innombrables, bronze, or par monceaux, vêtements tissés, bien plus qu'Ulysse n'en eût jamais emporté de Troie, s'il en était revenu sans encombre, après avoir obtenu du sort sa part du butin. »

Zeus, assembleur des nues, lui dit en réponse : « Ah ! vraiment ! Qu'as-tu dit, toi, l'Ébranleur de la terre, dont la force se fait sentir au loin ? Les dieux ne te manquent point de respect. Il ferait beau voir qu'on outrageât le plus ancien, le plus vaillant. Et si, parmi les hommes, quelqu'un écoutant trop sa force et son audace oublie de te respecter, l'avenir t'offre toujours des moyens de te venger. Fais donc comme tu veux et comme le désir t'en vient au cœur. »

Poséidon, Ébranleur de la terre, lui repartit sur-le-champ : « J'aurais fait sans tarder comme tu dis, dieu des sombres nuées, mais je redoute toujours ta colère, et cherche à l'éviter. Ce beau vaisseau des Phéaciens, je veux, pendant qu'il revient de convoyer Ulysse, le fracasser maintenant dans la mer brumeuse, pour que désormais ils cessent ce métier de passeurs d'hommes ; et je vais cacher leur cité derrière une grande montagne. »

Zeus, assembleur des nuées, lui répondit : « Mon cher, voilà ce qui paraît préférable à mon cœur : quand tous les gens apercevront de la ville cette nef en train de s'avancer, moi, à ta place, je la changerais en un roc proche de la terre et tout pareil à un vaisseau rapide, afin que chacun soit étonné du prodige, et je cacherais leur cité derrière une grande montagne. »

Dès que Poséidon, Ébranleur de la terre, eut entendu ces mots, il partit pour Schérie, où vivent les Phéaciens. Et là il attendait. Le vaisseau, arrivant du large, se rapprocha : il était en pleine vitesse. L'Ébranleur de la terre alors le changea en un roc qu'il enracina profondément en faisant le geste d'abaisser sa paume. Puis il s'en retourna vite.

Alors, les Phéaciens aux longues rames, les navigateurs fameux échangeaient des paroles ailées. On se disait, en regardant son voisin : « Malheur ! Qui donc a immobilisé dans la mer le vaisseau rapide, qui rentrait au port ? On le voyait déjà tout entier. »

Voilà ce qu'on se disait. Mais on ne savait pas comment s'était accompli ce prodige. Alkinoos prit alors la parole et leur dit : « Malheur ! Voilà que s'accomplissent les anciens oracles de mon père : il prédisait que

Poséidon s'irriterait contre nous, parce que nous convoyons, sans dommage pour eux, toutes sortes de gens. Il disait qu'un jour, un très beau vaisseau phéacien, au retour d'un convoi, ferait naufrage dans la mer brumeuse, et que notre cité serait cachée derrière une grande montagne. Ainsi parlait ce vieillard, et maintenant voici que tout s'accomplit. Allons, obéissons tous à ce que je vais dire. Cessez de transporter les mortels, quand l'un d'eux viendra vers votre ville. Immolons à Poséidon douze taureaux de choix, afin qu'il s'apaise et ne cache pas notre cité derrière une longue montagne. »

A VOUS DE JOUER

TESTEZ

VOTRE ATTENTION

VOTRE MÉMOIRE

VOS CONNAISSANCES

VOTRE PERSPICACITÉ

ÊTES-VOUS UN LECTEUR ATTENTIF ?

1. *Quand elle quitte la Troade, la flotte d'Ulysse comporte...*

   ❑ 2 ❑ 6 ❑ 12 ❑ 13 vaisseaux ?

2. *Quand Ulysse arrive à l'île de Circé, sa flotte comporte...*

   ❑ 1 ❑ 2 ❑ 3 vaisseaux ?

3. *Quand Ulysse arrive à l'île de Calypso, il a encore une flotte de...*

   ❑ 2 ❑ 1 ❑ 0 vaisseaux ?

4. *Les Lotophages sont...*

   ❑ des mangeurs de chair humaine ?
   ❑ des passionnés du jeu de loto ?
   ❑ des mangeurs de lotos ?

5. *Ulysse se rend à l'île qu'habite le Cyclope...*

   ❑ avec tous ses vaisseaux ?
   ❑ la moitié de ses vaisseaux ?
   ❑ un seul vaisseau ?

6. *Ulysse choisit d'aveugler le Cyclope plutôt que de le tuer...*

   ❑ parce que le Cyclope ne peut être tué ?
   ❑ parce qu'il n'a pas physiquement la force de le tuer ?
   ❑ parce que sans le Cyclope Ulysse et ses compagnons ne pourraient pas sortir de la caverne ?

7. *Éole offre à Ulysse une outre...*

   ❑ remplie de vin doux comme le miel ?
   ❑ remplie d'or ?
   ❑ où les vents sont hermétiquement enfermés ?

Êtes-vous un lecteur attentif ? (suite)

8. ***Les Lestrygons sont…***

❏ des géants cannibales ?
❏ des hommes mangeurs de pain ?
❏ des nymphes hospitalières ?

9. ***Circé métamorphose les compagnons d'Ulysse en…***

❏ loups ? ❏ porcs ? ❏ singes ?

10. ***Charybde et Scylla sont deux…***

❏ écueils ? ❏ chiens ? ❏ fleuves ?

Et si Ulysse n'était pas toujours aussi avisé qu'on le dit…

1. ***Lorsque Ulysse a pillé Ismaros, la ville des Cicones, il décide de s'attarder dans le pays.*** ❏ Vrai ❏ Faux
Se montre-t-il avisé ? ❏ Oui ❏ Non

2. ***Lorsque Ulysse arrive dans la caverne du Cyclope, il écoute ses compagnons qui le pressent de repartir sans s'attarder.*** ❏ Vrai ❏ Faux
Se montre-t-il avisé ? ❏ Oui ❏ Non

3. ***Au Cyclope qui lui demande où il a ancré son bateau, Ulysse répond qu'il s'est brisé sur les rochers.*** ❏ Vrai ❏ Faux
Se montre-t-il avisé ? ❏ Oui ❏ Non

4. ***Au Cyclope qui lui demande son nom, Ulysse répond qu'il s'appelle Personne.*** ❏ Vrai ❏ Faux
Se montre-t-il avisé ? ❏ Oui ❏ Non

ET SI ULYSSE N'ÉTAIT PAS TOUJOURS AUSSI AVISÉ QU'ON LE DIT… (suite)

5. *Ulysse offre de son vin doux comme le miel au Cyclope, qui s'en régale et en redemande.* ❑ Vrai ❑ Faux
Se montre-t-il avisé ? ❑ Oui ❑ Non

6. *Quand Ulysse s'éloigne de l'île du Cyclope, il vogue vers le large le plus vite et le plus silencieusement possible.* ❑ Vrai ❑ Faux
Se montre-t-il avisé ? ❑ Oui ❑ Non

7. *Il ne quitte pas un instant des yeux l'outre dans laquelle Éole a enfermé les vents.* ❑ Vrai ❑ Faux
Se montre-t-il avisé ? ❑ Oui ❑ Non

8. *A son arrivée au pays de Circé, il divise ses hommes en deux groupes et envoie l'un des deux reconnaître les lieux.* ❑ Vrai ❑ Faux
Se montre-t-il avisé ? ❑ Oui ❑ Non

9. *Oubliant les conseils de Circé, il tente d'atteindre Scylla avec une flèche.* ❑ Vrai ❑ Faux
Se montre-t-il avisé ? ❑ Oui ❑ Non

10. *Ulysse fait entrer toute sa flotte à l'intérieur du port des Lestrygons.* ❑ Vrai ❑ Faux
Se montre-t-il avisé ? ❑ Oui ❑ Non

11. *Alors que la tempête les retient sur l'île d'Hélios Hypérion, Ulysse ne quitte pas un instant ses compagnons pour éviter que, poussés par la faim, ils ne s'attaquent au bétail du dieu.* ❑ Vrai ❑ Faux
Se montre-t-il avisé ? ❑ Oui ❑ Non

Remettez de l'ordre !

Tout s'est mélangé ! Impossible maintenant de savoir qui Ulysse a rencontré et ce qui lui est arrivé à chacune de ses étapes. Remettez de l'ordre : réunissez par une flèche le nom de chacune des escales d'une part à la rencontre correspondante, d'autre part au dénouement correspondant.

RENCONTRES	ESCALES	SORT D'ULYSSE ET DE SES COMPAGNONS
1. Circé	Lamos	Ulysse apprend les épreuves qui l'attendent encore avant son retour à Ithaque.
2. Tirésias	L'île d'Aiaié	Ulysse délivre ses compagnons métamorphosés en porcs.
3. Lestrygons	Les Enfers	Seul le vaisseau d'Ulysse échappe au carnage.
4. Troupeaux d'Hélios Hypérion	Détroit de Messine	Le monstre déguste pour ses deux dîners et son petit déjeuner chaque fois deux compagnons d'Ulysse.
5. Polyphème	Ile de Trinacie	Seul rescapé de la flotte d'Ulysse, le navire de celui-ci est foudroyé par Zeus. Ulysse est le seul survivant.
6. Charybde et Scylla	Volcans du sud de Naples	Le monstre saisit de ses bras multiples six compagnons d'Ulysse que ses six têtes dévorent.

Amis ou ennemis d'Ulysse ?

Les dieux et des êtres surnaturels interviennent souvent dans la destinée d'Ulysse. Un ennemi s'est glissé dans le groupe de ceux qui se sont montrés secourables. Chassez l'intrus :

Calypso - Éole - Circé - Poséidon - Hermès - Athéna - Iris

Impossible d'échapper à son destin

1. Un devin m'avait prédit qu'un jour Ulysse viendrait et m'ôterait la vue.

Qui suis-je ? ....

Cet avertissement m'a-t-il permis d'éviter mon malheur ?

❑ oui ❑ non

2. Hermès m'avait annoncé la venue d'Ulysse et m'avait prévenue que contrairement à tous les autres, il échapperait à ma magie.

Qui suis-je ? ....

Cet avertissement m'a-t-il permis d'éviter de voir échouer mes sortilèges ?

❑ oui ❑ non

3. Les devins m'avaient prédit qu'un jour un de nos beaux vaisseaux serait pétrifié en pleine mer et notre ville rendue invisible au reste des hommes par une épaisse muraille.

Qui suis-je ? ....

Cet avertissement nous a-t-il permis d'éviter notre malheur ?

❑ oui ❑ non

4. Un devin m'avait prédit un désastre total si nous touchions aux troupeaux d'Hélios.

Qui suis-je ? ....

Cet avertissement m'a-t-il permis d'éviter ce malheur ?

❑ oui ❑ non

Mais que sont devenues les sirènes du temps jadis ?

De la sirène des légendes grecques, qui charme par l'harmonie de sa voix, aux sirènes stridentes d'aujourd'hui, saurez-vous replacer dans chaque phrase la sirène appropriée ?

la sirène d'un bateau – la sirène de l'usine – la petite sirène d'Andersen – la sirène d'alarme – les sirènes de l'Odyssée – la sirène de l'ambulance – les sirènes.

1. Nous entendons .... qui annonce la fin de la journée de travail.

2. Luttant de vitesse avec la mort, le chauffeur fonce et .... déchire la nuit.

3. .... sont des oiseaux à tête de femme, mais ....vit dans la mer ; elle a un corps de femme qui se termine par une queue de poisson.

4. A l'ouverture de la porte, ... se déclenche.

5. La mer est grise, les bateaux se distinguent à peine. On entend dans le lointain ....

6. Juste avant le bombardement, ... ont donné l'alerte et tous les habitants se sont réfugiés dans les abris.

Jeu de portraits

1. Aux yeux de Polyphème, je suis un nabot, un vaurien, un freluquet.
Qui suis-je ? ....

2. Nous avons, mon épouse, ma fille et moi, des allures de pics boisés.
Qui sommes-nous ?..

Jeu de portraits (suite)

3. J'étais distrait. Un coup de vin en trop et ma distraction sont cause de ma mort.
Qui suis-je ? ....

4. Compagnon d'Ulysse, il m'est arrivé de contester ses ordres. La dernière fois où j'ai poussé mes compagnons à désobéir, j'aurais mieux fait de m'abstenir : nous en sommes tous morts.
Qui suis-je ? ....

5. La longue absence de mon fils m'a fait mourir de chagrin.
Qui suis-je ? ....

6. Fils de Poséidon, j'ai l'aspect d'un pic boisé et un unique œil qui est rond.
Qui suis-je ? ....

L'AÈDE VOUS APPELLE À L'AIDE

L'aède a un trou de mémoire. Il ne sait plus quelle formule ou quelle épithète il doit utiliser. Aidez-le en réunissant par une flèche la formule ou l'épithète qui convient (colonne de droite) au nom du personnage ou au contexte indiqués dans la colonne de gauche.

Contexte ou personnages			Formules ou épithètes homériques
Ils frappent de leurs rames la mer…	●	●	… aux doigts de rose
Il dit ces paroles…	●	●	… à la baguette d'or
Aurore…	●	●	… aux mille drogues
Poséidon…	●	●	… la sagittaire
Zeus…	●	●	… qui blanchit d'écume
Hermès…	●	●	… qui porte l'égide
Circé, la magicienne…	●	●	… aux belles boucles
Artémis…	●	●	… à la chevelure sombre
Calypso, la nymphe…	●	●	… ailées

Une météo bien défavorable

Le sort d'Ulysse dépend en partie des vents : tempêtes, calme plat, vents contraires déterminent son périple. Homère cite quatre vents :

- ***le Zéphyr, vent violent et pluvieux et qui souffle du nord-ouest ;***
- ***le Borée, qui souffle du nord ;***
- ***le Notos, qui souffle généralement en rafales, du sud/sud-ouest et qui soulève de fortes houles ;***
- ***l'Euros, qui souffle de l'est/sud-est.***

1. Quand Ulysse quitte Troie pour rentrer à Ithaque, le vent qui le poussait dans la bonne direction était .... ; mais en doublant le cap Malée, il a été emporté par les rafales du ....

2. Quand Ulysse quitte l'île d'Éole pour regagner Ithaque, le vent qui le poussait dans la bonne direction était le............................... . C'est d'ailleurs le seul qu'Éole n'avait pas enfermé dans l'outre.

3. Quand Ulysse quitte l'île de Circé pour se rendre chez Hadès, il va dans la direction du .... ; le vent favorable est donc le ....

4. Quand Ulysse quitte l'île de Calypso, il part dans la direction de .... : le vent qui le pousse dans la bonne direction est donc le ....

5. Quand Ulysse quitte la Phéacie pour Ithaque, il part dans la direction du .... ; le vent qui le pousse dans la bonne direction est donc le......................

Un triste bilan

Ulysse a quitté Troie avec 13 vaisseaux. Chacun de ses vaisseaux portait un équipage de 50 rameurs. Le vaisseau d'Ulysse portait deux hommes de plus : Ulysse lui-même et le pilote.
Quand Ulysse achève son odyssée, il a perdu la totalité de ses vaisseaux et de ses compagnons.
Saurez-vous faire le bilan, étape par étape, des pertes d'Ulysse ?

Escales	Bateaux			Marins		
	arrivés	perdus	restants	arrivés	perdus	restants
Cicones						
Lotophages						
Cyclope						
Éole						
Lestrygons						
Circé						
Charybde et Scylla						
Ile de Trinacie						
Calypso						

Sur les traces d'Ulysse

Détourné par le Borée de la route qui le conduisait à Ithaque, Ulysse est projeté dans l'inconnu du monde maritime de l'ouest. Il va y affronter toutes sortes de dangers dont la peur a inspiré aux Grecs de nombreuses légendes.

La carte de la page suivante indique les différents lieux où Ulysse aurait fait escale : en effet, certains, comme Victor Bérard, sont convaincus qu'au cours de son voyage, Ulysse fait escale dans des régions qui existent réellement et dont Homère donne une description assez précise pour qu'on puisse les reconnaître.

Vous vous préparez à partir sur les traces d'Ulysse et vous voulez évoquer sur chaque site l'aventure dont Ulysse est le héros : inscrivez dans le petit cercle qui accompagne chaque nom géographique actuel le numéro de l'épisode légendaire correspondant.

© Édimédia

Sur les traces d'Ulysse (suite)

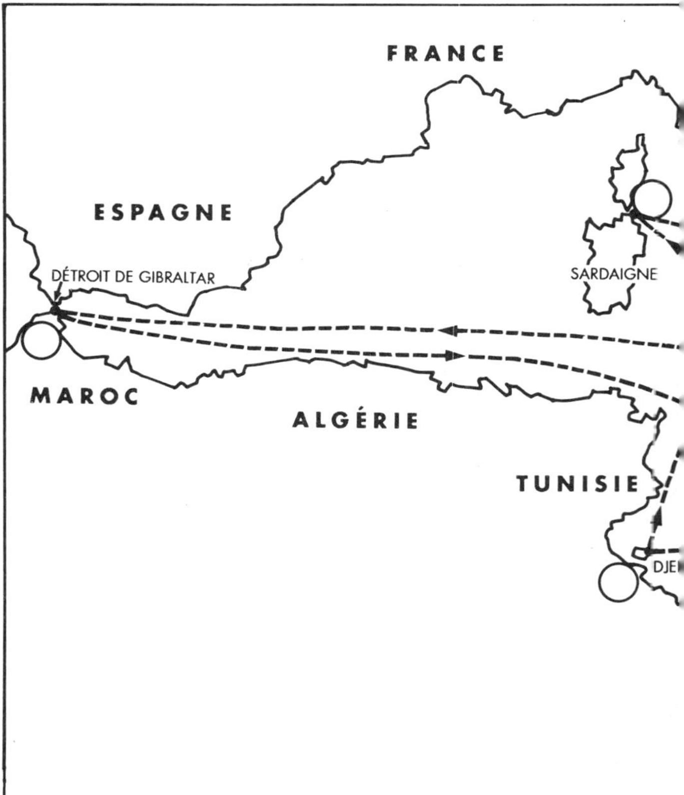

1. Calypso
2. Charybde et Scylla
3. Cicones
4. Circé
5. Cyclope
6. Éole
7. Hadès
8. Les Phéaciens
9. Bœufs d'Hélios Hypérion
10. Lestrygons
11. Lotophages
12. Sirènes

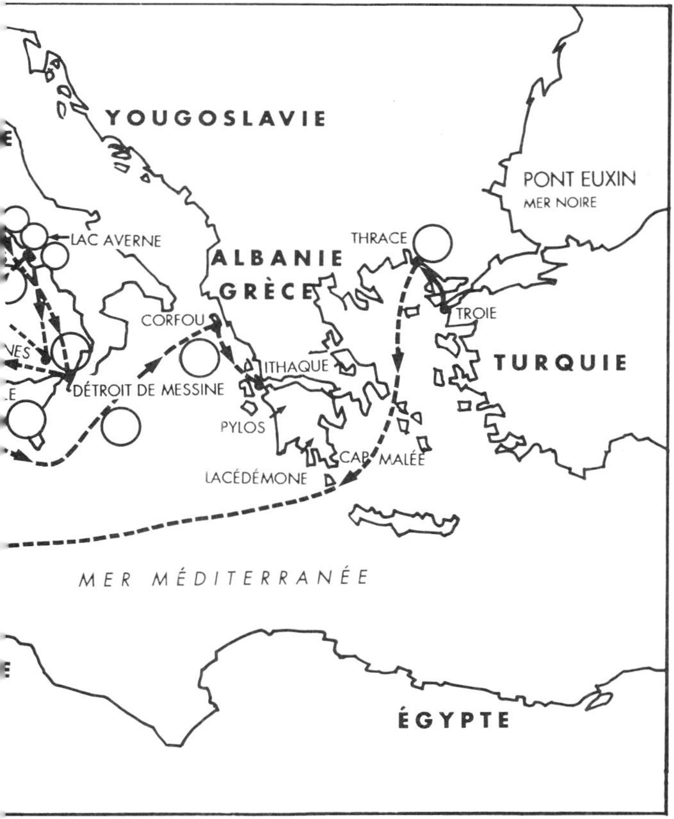
YOUGOSLAVIE
PONT EUXIN
MER NOIRE
LAC AVERNE
THRACE
ALBANIE
GRÈCE
CORFOU
TROIE
ITHAQUE
TURQUIE
DÉTROIT DE MESSINE
PYLOS
CAP MALÉE
LACÉDÉMONE
MER MÉDITERRANÉE
ÉGYPTE

Le jeu de l'Odyssée

Vous voulez revivre les aventures d'Ulysse : fabriquez-vous un JEU DE L'ODYSSÉE

– *reproduisez la carte sur un grand carton ; vous pouvez bien sûr l'agrémenter de couleurs et de dessins !*

– *fabriquez au moins cinq petits bateaux de couleur différente (un bateau par joueur) ;*

– *fabriquez-vous un dé des dieux. Sur chacune des six faces figure un dieu différent : trois dieux sont favorables à Ulysse (Athéna, Zeus, Iris) ; trois sont hostiles à Ulysse (Poséidon, Hadès, Éole) ;*

– *utilisez un dé ordinaire pour avancer d'étape en étape comme au jeu de l'oie ;*

– *établissez ensuite la règle du jeu en vous inspirant du récit d'Homère pour chaque aventure : certaines cases peuvent vous retenir, ne vous libérer qu'à certaines conditions... Les dieux favorables ou défavorables peuvent intervenir. De toute façon vous partez de Troie et votre objectif final, c'est Ithaque !*

SOLUTIONS

ÊTES-VOUS UN LECTEUR ATTENTIF ?

1. La flotte d'Ulysse comporte 13 vaisseaux à son départ de Troade.

2. La flotte d'Ulysse comporte un seul vaisseau à son arrivée chez Circé.

3. Ulysse a perdu tous ses bateaux et tous ses compagnons quand il arrive chez Calypso.

4. Les Lotophages sont des mangeurs de lotos.

5. Ulysse se rend à l'île du Cyclope seulement avec son vaisseau.

6. Ulysse choisit d'aveugler le Cyclope plutôt que de le tuer car s'il le tuait, lui et ses compagnons seraient condamnés à attendre la mort dans la grotte : ils n'auraient pas la force d'enlever l'énorme pierre qui en ferme l'issue.
7. Éole offre à Ulysse une outre où les vents sont hermétiquement enfermés.
8. Les Lestrygons sont des géants cannibales.
9. Circé métamorphose les compagnons d'Ulysse en porcs.
10. Charybde et Scylla sont deux écueils.

Et si Ulysse n'était pas toujours aussi avisé qu'on le dit...

1. FAUX : Ulysse pousse ses compagnons à quitter le pays le plus vite possible : c'est eux qui refusent.
OUI, il se montre avisé.
2. FAUX : Ulysse refuse d'écouter ses compagnons car il espère que son hôte lui fera des présents d'hospitalité.
NON, il ne se montre pas avisé.
3. VRAI : Se méfiant du Cyclope, Ulysse ment : son bateau ne s'est pas brisé sur les rochers, mais il est ancré tout près.
OUI, il se montre avisé.
4. VRAI : Ulysse prétend se nommer Personne.
OUI, il se montre avisé.
5. VRAI : Ulysse offre du vin au Cyclope, qui en boit jusqu'à tomber ivre-mort.
OUI, il s'est montré avisé car ainsi il a pu surprendre le Cyclope dans son sommeil et lui crever l'œil sans que celui-ci puisse se défendre.
6. FAUX : Ulysse n'est pas parti le plus discrètement possible : il a voulu narguer le Cyclope et mal lui en a pris car le vaisseau, entraîné par le reflux qu'a provoqué le Cyclope en lançant un énorme rocher, a failli sombrer.
NON, il ne s'est pas montré avisé.
7. FAUX : sur le point de toucher au but, il s'endort de fatigue.

NON, il ne s'est pas montré avisé.

8. VRAI : Ulysse a divisé les compagnons qui lui restaient, soit 40, en deux groupes de 20.
OUI, il s'est montré avisé, car cela lui a permis d'aller délivrer le groupe de ses compagnons victimes des sortilèges de Circé.

9. VRAI, Ulysse est pris de l'envie irrésistible de tuer le monstre.
NON, il ne se montre pas avisé car Scylla aurait pu en profiter pour lui enlever encore plus de compagnons.

10. FAUX, Ulysse ne fait pas entrer toute sa flotte dans le port des Lestrygons, puisqu'il laisse son propre navire à l'extérieur.
OUI, il s'est montré avisé, puisque cela lui a permis de garder la vie sauve ainsi que celle de son équipage. Mais peut-être aurait-il été encore plus avisé de laisser toute sa flotte à l'extérieur…

11. FAUX, Ulysse quitte ses compagnons pour s'enfoncer dans l'intérieur de l'île. C'est son absence qui permet à Euryloque de convaincre ses compagnons de tuer les bœufs d'Hélios Hypérion pour se nourrir.

Remettez de l'ordre !

1. *Circé* - **île d'Aiaié** - Ulysse délivre ses compagnons métamorphosés en porcs.

2. *Tirésias* - **les Enfers** - Ulysse apprend les épreuves qui l'attendent encore.

3. *Lestrygons* - **Lamos** - Seul le vaisseau d'Ulysse avec son équipage échappe au massacre général.

4. *Troupeaux d'Hélios Hypérion* - **Ile de Trinacie** - dernier rescapé de la flotte d'Ulysse, le vaisseau de celui-ci est foudroyé par Zeus. Ulysse est le seul survivant.

5. *Charybde et Scylla* - **Détroit de Messine** - Le monstre saisit de ses bras multiples six compagnons d'Ulysse que ses six têtes dévorent.

Amis ou ennemis d'Ulysse ?

Poséidon est évidemment l'intrus, lui qui empêche Ulysse de rentrer chez lui depuis dix ans et qui va détruire la totalité de sa flotte.

Impossible d'échapper à son destin

1. Polyphème. Il n'a pu éviter son malheur car il n'a pas identifié Ulysse et ne s'est donc pas méfié de lui.

2. Circé. Sa magie a été mise en échec Elle n'a pas identifié Ulysse et ne s'est donc pas méfiée de lui.

3. Alkinoos. Les devins avaient prédit à son père que les dieux les puniraient de convoyer tous ceux qui le leur demanderaient. Malgré cela ils ont continué.

4. Ulysse. Tirésias l'avait mis en garde et l'avait prévenu qu'il devait éviter à tous prix de toucher aux troupeaux d'Hélios Hypérion. Mais d'abord l'épuisement de ses compagnons l'a conduit à accepter, malgré lui, de faire escale dans l'île de Trinacie ; ensuite la tempête, déchaînée par les dieux, les a retenus prisonniers dans cette île un mois durant, ce qui fait qu'ils ont épuisé leurs provisions ; enfin ils ont profité d'une absence d'Ulysse, parti dans l'île et terrassé par le sommeil envoyé par les dieux, pour commettre l'irréparable à l'instigation d'Euryloque.

Mais que sont devenues les sirènes du temps jadis ?

1. Nous entendons *la sirène de l'usine*, qui annonce la fin de la journée de travail.

2. Luttant de vitesse avec la mort, le chauffeur fonce et *la sirène de l'ambulance* déchire la nuit.

3. *Les sirènes de l'Odyssée* sont des oiseaux à tête de femme, mais *la petite sirène d'Andersen* vit dans la mer ; elle a un corps de femme qui se termine par une queue de poisson.

4. A l'ouverture de la porte, *la sirène d'alarme* se déclenche.

5. La mer est grise, les bateaux se distinguent à peine. On entend dans le lointain *la sirène d'un bateau.*
6. Juste avant le bombardement, *les sirènes* ont donné l'alerte et tous les habitants se sont réfugiés dans les abris.

Jeu des portraits

1. Ulysse / *2.* Le Lestrygon Antiphatès, sa femme et sa fille / *3.* Elpénor / *4.* Euryloque / *5.* Anticlée / *6.* Polyphème.

L'aède vous appelle à l'aide

Ils frappent de leurs rames la mer *qui blanchit d'écume.*
Il dit ces paroles *ailées.*
Aurore *aux doigts de rose.*
Poséidon *à la chevelure sombre.*
Zeus *qui porte l'égide.*
Hermès *à la baguette d'or.*
Circé, la magicienne *aux mille drogues.*
Artémis *la sagittaire.*
Calypso, la nymphe *aux belles boucles.*

Une météo bien défavorable

1. Le vent favorable était *l'Euros*, mais en doublant le cap Malée, les rafales du *Borée* l'ont entraîné dans le monde inconnu de l'ouest.
2. Éole a enfermé tous les vents dans l'outre sauf le *Zéphyr* qui souffle du nord-ouest.
3. De l'île de Circé aux Enfers, Ulysse va vers le sud : il a donc besoin du *Zéphyr.*
4. Pour revenir de l'île de Calypso, située tout à fait à l'ouest, Ulysse a besoin du *Notos.*
5. Pour aller de la Phéacie (actuelle île de Corfou) à Ithaque, Ulysse va du nord vers le sud-est, il a donc besoin du *Zéphyr.*

UN TRISTE BILAN

Escales	Bateaux			Marins		
	arrivés	**perdus**	**restants**	**arrivés**	**perdus**	**restants**
Cicones	13	0	13	50 x 13 = 650 + 2 = 652	6 x 13 = 78	574
Lotophages	13	0	13	652	0	574
Cyclope	13 puis 1 (bateau d'Ulysse)	0	13	574 puis 52 - 6 = 46 (équipage d'Ulysse)	6	568 40
Éole	13	0	13	568	0	568
Lestrygons	13	12	1(bateau d'Ulysse)	568	44 x 12 = 528	40 (équipage d'Ulysse)
Circé	1	0	1	40	1 (Elpénor)	39
Charybde et Scylla	1	0	1	39	6	33
Ile de Trinacie	1	1	0	39	38	1
Calypso			0	1		1 : Ulysse

Sur les traces d'Ulysse

THRACE : 3.Cicones / DJERBA : 11. Lotophages / GOLFE DE NAPLES : 5. Cyclope ; 12. Ile des Sirènes / ILES ÉOLIENNES : 6. Éole / SARDAIGNE : 10. Lestrygons / MONTE CIRCEO : 4. Circé / LAC AVERNE : 7. Hadès / DÉTROIT DE MESSINE : 2. Charybde et Scylla / SICILE : 9. Bœufs d'Hélios Hypérion / GIBRALTAR : 1. Calypso / CORFOU : 8. Phéaciens

GLOSSAIRE

DES NOMS QUI SONT TOUT UN PROGRAMME

Calypso : celle qui cache.
Circé : l'oiseau de proie, le faucon.
Cyclope : œil rond.
Elpénor : l'homme de l'espoir.
Éole : celui qui s'agite sans cesse, qui est inconstant, agile.
Eurylochos : celui qui tend ses embuscades au loin.
Lotophage : qui mange du lotos.
Polyphème : qui parle beaucoup ou dont on parle beaucoup.
Scylla : qui déchire ; ce nom ressemble aussi à un mot grec qui signifie petit chien.

VIE QUOTIDIENNE

Aiguière : sorte de cruche à long bec avec laquelle les Grecs versaient de l'eau sur les mains des convives ou des hôtes que l'on accueillait ; cette eau était recueillie dans une sorte de cuvette, de bassin. Ces objets pouvaient être en métal précieux ou en terre cuite.

Amphore : récipient en terre dans lequel on conservait le vin, l'huile.

Cratère : vase où l'on mélangeait le vin avec de l'eau, car le vin grec n'était jamais bu pur.

Grand'salle : traduction du terme technique *mégaron.* Dans cette salle, la plus importante du palais, de forme carrée, se trouve le trône du roi entouré de sièges pour ses vassaux qui siègent avec lui et participent aux fêtes ; au centre, un autel pour les sacrifices aux dieux. C'est là que se déroule l'essentiel de la vie du palais.

TABLE DES ILLUSTRATIONS

Tête d'Homère. Cliché Flammarion.

Aède primitif. Cliché Flammarion.

Polyphème assis, tenant deux jambes humaine (l'épieu dont la pointe approche de son œil est tenu par quatre Grecs). Le dernier est Ulysse). Vase primitif cyrénéen. © Bibliothèque nationale.

Ulysse sous le ventre du bélier. Musée de Delphes. © Flammarion.

Eurylochos et Ulysse. Cratère à figures rouges. © Bibliothèque nationale.

Les Troupeaux d'Hélios. Paris, Musée du Louvre. © Photo R.M.N.

TABLE

DERNIÈRES PARUTIONS

APULÉE
Amour et Psyché (2073)

AUCASSIN ET NICOLETTE (2043)

BAUDELAIRE, VERLAINE, RIMBAUD
Voyages en bohème (2039)

ROBERT DE BORON
Merlin (2080)

BRADBURY
L'Heure H et autres nouvelles (2050)

CARROLL
Alice au pays des merveilles (2075)

CHEDID
L'Enfant des manèges (2070)

CHRÉTIEN DE TROYES
Yvain ou le chevalier au lion (2066)

DAUDET
Lettres de mon moulin (2068)

CONAN DOYLE
Le Dernier Problème. La Maison vide (2064)
Trois Aventures de Sherlock Holmes (2037)

DUMAS
Le Comte de Monte-Cristo (2085-2086)

FABLIAUX DU MOYEN ÂGE (2071)

FLAUBERT
Un cœur simple (2047)

GAUTIER
La Morte amoureuse et autres nouvelles (2025)

HISTOIRE DE MOÏSE (2076)

HOFFMANN
L'Enfant étranger (2067)
Le Violon de Crémone. Les Mines de Falun (2036)

HUGO
Le Dernier Jour d'un condamné (2074)
Poésies II : de Napoléon Ier à Napoléon III (2041)

LA FONTAINE
Fables (2051)

MAUPASSANT
Boule de suif (2087)

LES MILLE ET UNE NUITS
Ali Baba et les quarante voleurs (2048)

MOLIÈRE
Les Femmes savantes (2029)
George Dandin (2060)
Les Précieuses ridicules (2061)

PERRAULT
Contes (2065)

POE
Le Chat noir et autres contes fantastiques (2069)

POÈMES DE LA RENAISSANCE (2072)

POUCHKINE
La Dame de pique et autres nouvelles (2019)

RABELAIS
Pantagruel (2006)

RACONTER, SÉDUIRE, CONVAINCRE
Lettres des XVIIe et XVIIIe siècles (2079)

RÉCITS DE VOYAGE I
Le Nouveau Monde (2077)

ROSNY AÎNÉ
La Mort de la terre (2063)

SAND
Les Ailes de courage (2062)
Le Géant Yéous (2042)

STENDHAL
Vanina Vanini. Le Coffre et le Revenant (2044)

STEVENSON
Le Cas étrange du Dr Jekyll et de M. Hyde (2084)

VERNE
Le Humbug. Frritt-Flacc (2035)

VOLTAIRE
Candide (2078)

GF Flammarion

98/09/66747-IX-1998 – Impr. MAURY Eurolivres, 45300 Manchecourt.
N° d'édition FG 201538 – Juin 1995. – Printed in France.